顾问 刘慈欣

科学家带你读科幻

星球收割者

主编 吴 岩 • 尹传红 • 顾 备

刘慈欣 等 著

少年儿童出版社

序（一）

许多人看科幻作品，感觉特别神奇。从来没有到达过的世界，从来没有听说过的社会，从来没有见过的人，从来没有走过的路……科幻似乎是一条通达想象世界的宽阔大道，带着我们离开自己的身体，穿过空间的夹层，到达另一个"渴"望却不可即的维度或空间。

如果你也是有这种感觉的人，那么拿到这套书就会非常兴奋。因为，它跟你的思维和兴趣高度吻合，会让你在想象力和科技的世界中继续遨游。

科幻作品是一种现代社会才产生的文学。据说，至今只有两百多年历史。但这两百年却是人类社会浓墨重彩的两百年。因为，我们的生活方式、认知方式和行为方式都发生了前所未有的变化。温饱不足的问题正在被彻底铲除，愿望变成现实的速度正在加快。到了21世纪第三个十年快开始的时候，我们已经在考虑怎么快速地跟与我们擦肩而过的未来握手致意的事情了。

也恰恰因为走入了这样的时代，让我们更加无法离开科幻文学。

科幻是现代生活的描述者。她带着我们观察世界的变化，观察未来的蛛丝马迹。当然，这种观察不一定都是赞叹，也可能有所批判。我们用科学做过许多好事，也有许多不当心、不慎重的时候。所以，当科学进入生活，我们都应该睁开双眼细心观察才对。

　　科幻还是未来的谋划者，她给我们有用的方法，帮助我们设计宇宙、地球、国家和自己的未来。同样，这种设计有好有坏。但至少有一点大家可以放心，科幻小说是用文字写成的，我们在这里尝试用文字设计，尝试用文字修改，我们还没有真实地去落实。所以，请牢牢记住这样的话：有所为有所不为。设计是为了创造更好的未来。

　　最后，科幻还是一种心灵的抚慰剂，它让我们在嘈杂紧张的当代生活中找到温馨，找到快乐。当然，不小心也能找到担忧，甚至找到恐惧。无论你找到了什么，都应该知道，科幻是情绪的缓冲剂，我们需要这些缓冲，让我们从现实生活中抬起头，能从星空浩瀚的层面上观察自己，也观察世界。

　　过去的几十年里，科幻作品已经逐渐从以小说为主发展到以电影为主了。电影有更好的视听呈现手段，能让我们身临其境。所以，读者朋友可以结合书中的内容，再去寻找可能的影视资源来欣赏。老话"行万里路读万卷书"在今天的科技时代，已经可以在足不出户、"大字不识"的状态下完成了。不相信吗？VR创造的真实世界，完全不用离开自己的小天地。有高科技的语音设备，不懂的语言照样能进行理解。

等到下一个十年，我们的世界又会怎样？

无论怎样，我们应该做好面对的准备。而最好的准备，就是从阅读面前的科幻开始。

是为序。

科幻作家 吴岩

南方科技大学科学与人类想象力研究中心主任

2019年10月24日

序（二）

请想象一下曾经真实出现过的一个场景：

在美国纽约曼哈顿第六大道的人行道上，一位中年男士对着手中一个有些像童靴的玩意儿，一边大喊大叫，一边蹦蹦跳跳，差点儿撞上了一辆出租车。

时间定格在1973年4月3日。那个中年人名叫马丁·库珀。他手中的"试验品"，便是最"原始"的手机。

库珀后来回忆说，关于移动电话，他最初的模糊想法始自20世纪60年代。当时想象的是它属于未来的科幻世界——有朝一日，人们一出生就分配到一个电话号码，他们可以把通信器材放到口袋里，四处走动。其灵感或许就来自于当时流行的科幻电视剧《星际迷航》，剧中有类似这样的诱人场景。

的确，许多技术在开始的时候就像科幻故事中的情节一样。事实上，我们今天所生活的世界，在很大程度上是诸多幻想家在几百年前着力描述过的世界。从幻想到现实，人类的思维和智慧划出了一条不平凡的轨迹。

特别是，伴随着科学探索的进程所萌生的科学幻想，从诞生伊始便是科学发现、技术创造和创新思维的原动力之一。在现代科学出现之后，科学与科学幻想更是呈现出一种互动互促的关系，并以一种特殊的方式跟文学结合在一起，从而成就了科幻小说这一崭新的文学类型。

自20世纪以来，科学与科幻小说两者之间的双向交流与渗透日趋深入。科幻小说提出思想，激励着科学家解决现实世界中的问题。科学家把这些思想纳入到自己的理论中，进行深入的探究，把今天的科学幻想变成明天的科学现实。

身为发明家兼科幻作家的雨果·根斯巴克——当今科幻界鼎鼎有名的"雨果奖"就是以他的名字命名的，于1926年创办的世界上第一本纯科幻小说杂志《惊奇故事》上印有这样一句广告词："今日夸大的幻想，明日冷酷的事实"。他所定义的科幻小说的三个基本要素，大致也彰显了科学幻想的功能："浪漫传奇"——一种叙事架构或惊悚冒险；"科学事实"——融入故事中的对现有科学原理的大段说明；"预言式愿景"——对可能的新科学发现或发明进行的细节性描述。

科幻小说实际上也是在创造一种替代性的历史或情

境，是一种探究各种可能形态的"思想实验"，是一种瞻望未来图景、启迪创新思维、开阔思路视野、系念明天生活的文学。

幻想是思维的翅膀，科学才使人真正飞翔。很难说有什么是不可能的，因为昨天的梦想，就是今天的希望和明天的现实。

呈现在读者朋友面前的这套书所描述的，正是科学与科幻小说探索已知和未知世界的奇妙旅程。

科幻作家　尹传红

《科普时报》总编辑、中国科普作家协会常务副秘书长

2020年4月9日

星球收割者 目录

云上的日子

■ 赵海虹 ■

云上的日子

一

顺妮很小的时候，就喜欢看天空。每当暮色四合，整个世界沉入薄纱般的霞光里，她总能在遥远的天边，捕捉到那一抹奇特的流云。

"看那儿，妈妈！"她向高空的流云挥动花儿般的小手，"看！"

一道彩色的云霞流泻而下，在霞光的顶端，隐约可以看到一个蜻蜓般的浅蓝色飞行物。但那只是短短的一瞬间，转瞬，霞光散入暮霭，蓝色的蜻蜓飞去无踪。

"那是云使。"妈妈轻轻地说，幽幽地叹了口气，摸摸顺妮的头，又加上一句，"那是爸爸。"

"啊……"

顺妮惊讶得合不拢嘴。她还不太能明白那到底意味着什么，但她幼小的心灵也能够体会到妈妈此刻的情感变化。妈妈既感到骄傲，却也有些悲伤。

爸爸总是很久才能回家一趟。爸爸回来的那几天，妈妈都会向幼儿园的班主任张老师提前请好假，让顺妮和爸爸好好地待上一段时间。

"顺妮，爸爸回来了，你快出来吧！"

妈妈一边把风尘仆仆的爸爸迎进门，一边招呼女儿。此刻的顺妮正趴在窗台上，聚精会神地望着天空。她希望能看到蓝色的蜻蜓飞行器带着七彩的云霞从天空飞翔而下，然后爸爸从飞行器中走下来，一身帅气的制服，在傍晚的光线里熠熠生辉。

可是爸爸已经回来了。一个面容既熟悉又陌生的高个子站在门口，穿着普通的褐色外套和黑色便裤，就像一位街头随处可见的普通人。他黑黑的脸上绽开一个宽宽的笑容，露出两排闪亮的白牙。黑大个儿蹲下身，张开双臂，呼唤着小小的顺妮："妮妮，过来！"

"妮妮，叫爸爸！"妈妈笑眯眯地说。

那一瞬间，顺妮忽然想哭。

顺妮上小学的时候，在科学课上又听到了"云使"。

三号星上的小学生从一年级开始，一边学读写和基础算数，一边就要开始上科学课，听老师讲授最基本的行星科学知识了。首先一个问题，为什么他们居住的星球叫三号星呢？

地球是人类文明的母星。公元1969年，人类首次登月成功；公元2069年，正式建立月球人类居住区，从此月球更名为一号星。公元2022年，人类首次登陆火星；公元2076年，火星人类居住区建立，成为人类走向外部世界的第二步，是为二号星。但由于基础自然环境与大气条件的限制，月球和火星仍未能实现人类对于未来世界的完美设想。于是科学家们运用核聚变技术，在地外轨道捕捉宇宙中漂流的小行星与陨石，以此为基础，创造了一个全新的星球"三号星"。三号星上的一切都经过科学测算和设计，甚至天气也在人类的控制之中。

"这是人类有史以来最伟大的设计，"科学课老师兴奋地用演讲式的语调高声说，"我们从此获得了最大的自由！创造的自由！我们创造了一个新世界！"他弹了弹手指，空气开关在教室的空中投射出整个星球的三维影像，一颗美丽的蓝绿色的星球，在孩子们的头顶上缓缓旋转。碧绿的山峦与田野，蓝色的海洋与湖泊，夹杂其间的五彩斑斓的城市，这里就是代表人类文明最高成就的美丽新世界。

顺妮仰起头，目光追随着这颗璀璨的人造星星。她忽然发现从行星的地表到大气层之间，开着一些白色的"花"，"花茎"是一根根细细的直线，而"花朵"却是白色的小圆盘。

"老师，那些花一样的东西都是什么呀？"顺妮问。

"问得好，顺妮观察得很仔细。同学们，这些从地表一直长到大气层那么高的'花朵'其实是54座天空城，也就是三号星的大气调节站。"他停顿了一下，加重语气说，"那里是'云使'居住的地方。"

二

"云使"这个特殊的名字仿佛有神奇的魔力，一下子把全班同学都吸引住了。

"'云使'原本是人们对气候调节机的昵称。"老师举起一个小小的模型展示给大家看，这是一个流线型的蓝色飞行器的模型，"它是适合在整个大气边界层活动的新型飞机，上面配置了调节大气敏感点的特殊仪器。经过专业训练的气候科学家驾驶着它们，在我们头顶五千米以上的大气中穿行，控制着地面的气候。这些科学家就像神话中播云布雨的仙人一样，为我们带来稳定、有序的天气。所以大家也把他们亲切地叫作'云使'。正因为有了他们，三号星才能有现在这种温润的气候，整个星球都成了四季如春的天堂。"

教室里一下子热闹了起来。

"老师，刮风下雨都是云使做的吗？"

"云使永远都飞在天上吗？"

"什么样的人才能当上云使呢？"

同学们七嘴八舌地争着发问，都想多知道一点气候工程师——"云使"的细节。

顺妮瞪大了眼睛听着同学们的话，她忽然觉得胸口一热，骄傲得想大声喊出来："我爸爸就是云使！"爸爸微笑的脸庞忽然浮现在她脑海中，黑色的脸膛闪着不同寻常的光亮。她想念爸爸，她真想念他啊！

这时，教室外忽然响起敲门声，班主任钟老师带着一个陌生的男孩走进屋来："同学们，不好意思，打扰大家上课了。我来介绍一下新同学陆小天。"

正忙着发问的同学们一下子静了下来，他们的目光都落在这位新同学身上。

这是一个瘦瘦高高的男孩子，肤色偏黑，细长的眉毛，略略上挑的长眼睛，高鼻梁，薄嘴唇抿得很紧，似乎带着一点淡淡的傲气。

"因为交通问题，陆小天同学比计划晚到了一些。"钟老师抬眼看了看科学课上的模型，"不过正巧，赶上你们在介绍天空城。他就是从天空城来的。小天，你愿意给大家讲讲天空城的事吗？"

听了钟老师的话，同学们羡慕得张大了嘴。居然有天空城上下来的小朋友，而且要做他们的同学了，真酷！

他们热切而羡慕的目光却让陆小天很不自在。他面无表情，几乎是有点尴尬地撇了撇嘴，目光直视脚下的地板，轻声回答："我没什么可说的。"

"我们该把新同学安排在哪儿呢？"钟老师的目光在教室里扫视一周。同学们都有点紧张，等待着老师的安排。一个新同学坐在哪儿，忽然成了牵动人心的大事。虽然大家都觉得陆小天有点骄傲，不过从天空城来的人，骄傲也是应该的吧。谁都想和陆小天坐得近一点，仿佛这样一来，就能靠近"云使"和天空城了。

张老师的目光停在后排靠窗的位置上："小天，你的视力怎么样？坐最后一排看得清吗？或者你先试一试？"

陆小天点点头，径直走向教室最后一排，坐在褚凡凡，也就是顺妮同桌的身后。凡凡兴奋地捅了顺妮一下，顺妮没有作声，而她身后的汤洋——陆小天的新同桌兴奋地向新同学打起招呼来："嘿，我叫汤洋，海洋的洋。我们交个朋友吧！你真的是从天空城来的？那上面好玩吗……"

没想到的是，陆小天直接截断了汤洋的自我介绍，冷冷地说："我不想谈天空城，也不想交什么朋友。"

"你狂什么呀？谁稀罕和你交朋友了！"这下子，不但汤洋生气了，听见他们对话的同学们也觉得陆小天太过分了。

听说陆小天来自天空城时，顺妮曾有那么一点点醋意。

从小一直向往的那个地方，对她来说是那么的可望而不可即，而这个新同学却曾经天天生活在那里。虽然她远远地见过在云霞中一掠而过的"蓝色蜻蜓"，可并未真正清楚地看过"云使"飞行器的样子。她甚至没有见过爸爸穿上制服的英姿。如果陆小天滔滔不绝地给大家讲起天上世界的故事，描绘天空城的点点滴滴，她一定会嫉妒他的。现在，因为陆小天的不合群，顺妮反而觉得他变得亲切了。

"我们都是和天空城有关的人。"顺妮这样想，就好像他俩共同拥有了一个秘密。

"好了，我们继续上课。"科学课老师举起模型机，又接着讲起大气调节的原理和机制来。但是顺妮有点听不进去了。她悄悄回头瞄了一眼陆小天。他正盯着窗外的天空，眼神是那么专注，仿佛在晴朗的天空中寻找着什么。

顺妮心中一动：他也在寻找云使的踪迹吗？

三

转眼陆小天到班上已经一个多学期了，他和大家一起升上了小学三年级。班上的同学们都已经习惯了他的沉默寡言，也对他的高傲见怪不怪了。

只有顺妮，还在意这个与众不同的男孩。她时常好奇地想，在小天沉默的背后有着什么样的故事？他的眼神比同龄的孩子要成熟许多——那是一双亲眼见识过天空城与云使的眼睛啊！

顺妮想：他拥有我无缘享有的特殊记忆。

顺妮上三年级的第一周，爸爸特地请假回家，一家三口共度周末。顺妮望着许久不见的爸爸，有点忸怩地问："爸爸，我可以看看你的制服吗？"这个愿望她其实已经藏了很久了。

"真不好意思，"爸爸为难地挠挠耳朵，"上面有规定，离开天空城之后，不能在公共场所穿着制服出入，所以每次我都把制服留在天上。不过下一次，我一定记得带制服来给你看。"

"顺妮可惦记爸爸当云使的样子了。说起来我也好久没见你穿制服了，下回在家里穿给我们看看。"妈妈一边收拾碗筷一边笑着搭话。

"瞧你说的。"爸爸的黑脸膛浮起了一层红晕，他不好意思地嘿嘿笑了起来。顺妮忽然觉得，自己从来没有和爸爸这么接近过。

周一头两节是语文课，老师组织一次讨论作为课前热身，讨论主题是"我的理想"。

对于未来想成为什么样的人，同学们的想法空前一致。有一大半的同学长大以后都想当云使。

汤洋第一个举手说："老师，我长大了要当'云使'！"然后几乎大半个班的同学都呼啦啦地举起手来说："我也要当云使。"

顺妮第一次成了班上的中心，因为她突然站起来说："我想像我爸爸一样，做一个云使，为我们生活的星球播云布雨，创造出舒适的气候。"

"顺妮的爸爸也是云使啊！"这个保存已久的秘密一下子在班里炸开了花。在同学们纷纷的惊叹声中，顺妮感到自豪极了。她偷偷转头去看小天，汤洋正推着小天问："陆小天，你呢？你也想给你爸爸接班吧？"

小天的目光和顺妮对了个正着。他的眼神中有几分惊讶，而他的语气还是那么淡淡的，波澜不惊。他说："我爸爸是控制塔台的工程师，不是云使。我也不知道未来的事，一定要选的话，我想当医生。"

过了几天，体育课自由活动的时候，陆小天主动来找顺妮聊天了。

"你爸爸是云使？"小天有点腼腆地问，他似乎不习惯和女生说话。

"嗯。可是我从来没有上过天空城。"顺妮有点意外，孤傲的小天居然主动来找她说话了。她抑制不住自己的好奇，终于把那些在心里藏了很久的问题都倒了出来："你在天空城住了多久啊？那里有多大？云上的生活到底是什么样的？你是不是每天都可以看到脚下有白云啊？"

她最后一个问题让小天有点出神。他微微一笑，回答说："往下看的时候，是有云，但四周是看不到的。"也许是顺妮迫切的眼神，令他忍不住又补充了两句，"云朵像白棉花一样，铺在那里，很厚很厚。"

"哇，好棒！"顺妮羡慕死了。

"我五岁就跟着妈妈去了天空城。爸爸离不开工作岗位，所以我们就去和他一起住。"

"那不是很好吗？我爸爸两三个月才能回一次家，如果我也能去天空城……"

"可那里没有小朋友的！我上了两年幼儿园就去天空城了。妈妈自己教我小学功课，我来这里之前，从来没有上过小学！"

顺妮瞪大了眼睛，她无法想象没有同学、老师，也没有朋友的生活。怪不得小天在班里一直那么不合群，他不是骄傲，他是根本就不知道怎么和大家交往啊！

小天叹了口气："看，这下你不羡慕我了吧。"

顺妮不好意思了。

他们聊着聊着，已经走进了跑道。

"要不，我们先跑跑步吧。"

小天点点头。两人沿着跑道开始慢跑，顺妮还是止不住她的话匣子。

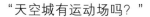
"天空城有运动场吗？"

"有的，不过没有露天的。天空城的大部分都被罩在一个透明罩子里，调节气压、增加氧气，不然，在那么高的地方，我们根本没法生活。"

"是这样啊！我还想，锻炼好身体，以后才能当上云使。原来你们都是在罩子里生活的！"顺妮略微有点扫兴。

"但是云使真的不一样啊，他们每天都要驾驶气候调节机，在五千到一万米的高空工作，比普通的飞机驾驶员要求还要高呢。体能当然要好了。我见过许多当云使的叔叔阿姨，身体一个比一个棒。"他瞟了顺妮一眼，"你好好努力，也有希望的哦。"

顺妮的脸唰地红了，不知是兴奋还是害羞。

小天忽然发现，自己今天讲了太多的话，几乎比之前和所有同学说过的话加起来还要多。

这一天，也是他们友谊的开始。

四

五月的一个下午，放学后，班主任钟老师把顺妮和小天叫到了办公室。

"顺妮，小天，老师想请你们帮一个忙。"钟老师笑眯眯地说，"'六一'节马上要到了，顺妮是知道的，我们学校每年'六一'前一天都会邀请重要的客人来给小朋友们做报告。今年我们想请一位天空城的客人。"

顺妮和小天面面相觑。他们都猜到钟老师是要请他们的爸爸来做这个报告了，或者说，是他们爸爸中的一位。

"老师知道，你们的爸爸在天空城工作都很忙，请你们先和他们沟通一下，只要他们中间有一位有空过来就好。当然，如果两位爸爸都有空，那是再好不过了。"

"好的，钟老师！不过如果爸爸过来，该给大家讲些什么呢？"顺妮放下心来，她刚才还怕要二选一呢，那样的话她都不知道该怎样面对小天才好。小天却垂着头一声不吭。

"说说天空城的情况，或者驾驶气候调节机的故事。只要是大家感兴趣的内容，什么都可以。"

"那我今天就和爸爸联系！"顺妮高兴地说。

"小天？"钟老师问。

"哦，好吧。"小天很不自然地笑了笑。

回家的路上，小天一直垂着头，顺妮觉得有点奇怪。

五月初的天气非常暖和，路边的粉色桃花开得灿烂，招来了嗡嗡的蜜蜂与翩翩的蝴蝶。花坛里重瓣的白山茶已经过了盛开期，但依然娇媚而芬芳。灌木中的女贞也开花了，四瓣尖尖的洁白的花瓣如一个小小的花杯，捧着黄色的Y字形花蕊，一簇簇盛开的女贞就像点点繁星。

这是三号星最美丽的季节。而这一切，都是那高空之上，天空城的工程师们和云使辛勤工作的成果啊。顺妮想到这里，感到骄傲极了。不过，这时她忽然意识到，刚才自己在办公室里答应得那么干脆，但要是爸爸请不出假来可怎么办呀。她顿时明白了小天的烦恼。

"小天，我刚才是不是对老师说大话了？我都没有想过爸爸可能请不出假呢。"她有点脸红了。

"不会的，他一定会来的。"小天宽慰她。

"那你爸爸呢？"顺妮问，"他也会来吗？"

小天撇了撇嘴，低头不说话了。

刚一到家，顺妮就把钟老师的请求告诉了妈妈。妈妈也觉得这是件好事，娘儿俩和爸爸在视频上通了话，爸爸听到钟老师的邀请，痛快地表态："我马上去调假，这么重要的事情，爸爸怎么能不去呢！"

很快爸爸就追加回复：上级已经批准他届时使用三天休假，除了到顺妮的学校作报告，他还可以在"六一"节陪顺妮到天空乐园去玩呢。

五月三十一日那天是星期一，顺妮的爸爸应邀来到星星实验小学，为所有的小朋友作报告，报告的名字叫《云上的日子》。

校长带着全校师生把大礼堂坐得满满当当的，大家都对天空城的生活充满了好奇与向往。

顺妮和大家穿着一样的校服，不过妈妈特意给她梳了两条精神的麻花辫，辫梢上挂着两粒水晶玻璃球。班上的同学老带着羡慕的眼神看着她，让她都不好意思了。

小天的表情却非常冷淡，也有平时不喜欢他的男生冷不丁地问一句："陆小天，你爸爸怎么不来作报告呀？"

顺妮偷偷瞅瞅小天。她不知道小天那天曾鼓起多大的勇气去联系父亲，也不知道他父亲几乎毫不犹豫就拒绝了他的请求，但她知道结果——两个爸爸没有能一起出现。

她明白小天一定很难过，这让她的快乐也失色了不少。

"老师们，同学们，我今天来给大家讲讲云上的日子。"

顺妮爸爸一开口，就把全场观众牢牢吸引住了。"刚才校长介绍过了，我是一位云使，也就是气候调节机的驾驶员。大家知道，云使这个名字来自人类遥远的梦想——倘使我们可以自己掌握自古以来就变幻无常的气候，让我们居住的星球从此不再有干旱、冰雹、龙卷风或是暴雨引起的洪水，那该有多好！"说到这里，他迟疑了一下，"我看到有些小同学好像不明白我在说什么……"

这时科学课的老师在台下解释了一句："三年级的科学课才会上到历史气候学。"

顺妮爸爸明白了，他高兴地点点头："是啊，这些灾害都已经成为了历史。科学家和工程师在我们的星球上，通过混沌理论建立了大气调节系统，这些古代人民最担心的灾难已经不存在了。有些同学听不懂这些话，恰恰说明我们成功了。

"其实，主管我们星球大气的并不只有天空城，还有海洋站、地上站和地下馆，共同调节着整个星球大气层发生的天气活动。如果把我们的星球看作一个人，大气层和海洋就相当于血液，而四大站，包括天空城，就像星球的心脏，控制着主要的气候活动。

"大家一定很好奇，天空城是什么样子的。如果有一天，你们可以乘坐'登空电梯'来到天空城，一出电梯你们就会看见宏伟的'双天轮'，那是天空城的入口标志，一路向前，通过'太阳车'、'雷神堂'、'风田'和'雨雪殿'，最后抵达'白云馆'。在那里，有着人类气象学上最伟大的设计——'风云世界'。你们想知道'风云世界'是什么吗？"

五

大礼堂里的听众们都被"风云世界"这个了不起的名字吸引住了。大家屏住呼吸，等待顺妮爸爸揭开谜底。

演说台的三维投影仪中射出一道光束，在礼堂的空中，所有老师和同学们的头顶上方，出现了一个三维立体的半透明球体，几乎要碰到礼堂的天花板。

顺妮和同学们仰头望着这个巨大的地球全息模型，惊羡得合不拢嘴。这个模型比科学课上的小小球体要大30倍，即使是闷闷不乐的陆小天，也禁不住瞪大了眼睛，发出"哦"的一声惊叹。

"风云世界其实就是地球大气模拟仪。大家现在看到的只是一个缩小版的镜像，真正的风云世界比大家看到的还要大200倍。通过这个大气模型，综合各种气象信息，我们可以归纳出星球整体的气候走向，同时找到改变局部气候的大气敏感点。由于星球的大气是一个循环的整体系统，对任何一个点的作用，最终都会影响到整个三号星的气候。通过气候调节机对敏感的区域进行刺激，就可以对全球气候产生有效的调节和改变。"

大厅中的模拟地球在不停地旋转，蔚蓝的海洋、黄绿相间的陆地，外层则是不断流动变化的白色云层。顺妮爸爸轻轻按下一个键，投影仪投射出数十片荧光屏。屏幕上呈现出球体模型各个细部的放大图像，边角显示的数据则不断地跳动更新，他解释说："这些都是天气变化的数据，冷暖气流、闪电、降雨、云层的变化……"他笑着望向大家，问，"大家知道云层中那些光点是什么吗？"

在他的指引下，大家果然在屏幕的放大图中发现了许多密集的光点，它们在云层中不停地闪烁。

"云使，那是云使！"礼堂四处都发出同样的猜测。

"对，这就是云使正驾驶着气候调节机在工作。每一座天空城里都有几百架这样的机器。"顺妮爸爸挥了挥遥控器，一个漂亮的流线型飞行器忽然冲破了风云世界的三维投影，飞到了大家的头顶，引起观众们的又一次惊呼。

蓝色的飞行器漂亮极了，它在空中一个鹞子翻身，释放出浓得化不开的云雾来，将飞行器整个笼罩住了。然后只听咔啦啦一声巨响，一道闪电照亮了整个礼堂，伴随着隆隆的雷声，云块相互碰撞，落下豆大的雨点来。

同学们一时都有点慌了神，正想着要怎么躲雨呢，结果雨点不等落到他们头顶上就消失了。大家这才发现，云使和他带来的云雨闪电都只是全息立体投影罢了。只是这声光电的效果太过真实，几乎把礼堂里的观众们都唬住了。

"气候调节机会为我们的星球带来各种气候现象，而这一切都是由风云世界程序统筹控制的。"顺妮爸爸微笑着关闭了全息投影仪，对大家点点头，"我听说在座的许多同学都志愿做未来的云使，我预祝大家实现理想，希望在天空城见到你们！谢谢大家！"

礼堂里响起如雷的掌声。顺妮兴奋得把手掌都拍红了。

回到教室，同学们都围在顺妮的位子旁边，七嘴八舌地说个不停，顺妮兴奋得脸都红了。

忽然，大家安静了下来，所有人都望向同一个方向。

顺妮瞪大了眼睛，爸爸跟在老师的身后一起走进了教室。

爸爸黑黑的脸上挂着开朗的笑容，小朋友们原本多少有点紧张，但看到他的表情，都欢呼着向他拥过去，围在他身边。同学们找来各种小本子，有的甚至只是一张情急中找出的小纸片，纷纷塞到他身边让他签名。"顺妮爸爸，给我签个名吧！""顺妮爸爸，给我也签个名！"……爸爸一边接过同学们的纸笔，飞快地签下自己的名字，一边不时抬头笑着看一眼顺妮。顺妮觉得自己幸福得都要融化啦！

爸爸正在签名的手突然停住了，他分开身边的人群，走到陆小天的座位旁边。"小天，"他轻轻在陆小天的肩膀上拍了一下，"这不是小天吗？"

陆小天抬起头，发现全班同学都在看着他呢。他忸怩地避开了顺妮爸爸的眼神。

"小天，你爸爸让我给你带个话。他很抱歉不能和我一起来。"顺妮爸爸转身对全班同学们解释，"大家知道吗？小天的爸爸是天空城的总工程师，负责整个风云世界的运行，无法离开工作岗位。前几年小天的妈妈带着他在天空城生活，我们都是看着他长大的。"

那一刻全班同学都羡慕地盯着陆小天。顺妮爸爸从口袋里掏出一样东西，那是一架云使的模型，流线型的淡蓝色机身闪着晶莹的光。他将模型轻轻放在小天的桌上，摸摸他的头，说："这是你爸爸给你的礼物。他还托我明天带你去天空乐园玩呢。"说罢他转向顺妮，挥手道别，留下同学们的一片惊叹声。

六

第二天就是"六一"节了，顺妮爸爸带着顺妮和小天一起去了天空乐园。这个儿童主题乐园有许多项目不适合低龄小朋友，顺妮长这么大也是第一次来。她左顾右盼，兴奋极了。忽然，她发现了一排流线型的飞行器，如果不是上面画着五彩的卡通图案，就和云使模型一个样儿了："爸爸你看，那好像云使啊！"

"啊，那些都是初级模拟机，可以模拟飞行，训练平衡能力。我小时候也是从玩这个开始训练的。"爸爸笑着回答。顺妮立刻兴奋地跳进一台模拟机里，不停地向小天招手："小天，我们都来当云使吧！"

小天迟疑了片刻，点点头，坐进了她身边的模拟机。

按下启动键，他们面前的三维投影投射出五千米以上的高空景象，模拟飞行开始了！

云雾向他们涌来，扑在模拟机的前窗上。

顺妮深深地吸了一口气，她兴奋极了，这一刻她似乎看到自己成为了云使，驾驶气候调节机在天空中翱翔。

蓦地，眼前的视界向左倾斜，耳机中响起提示音："请操纵方向盘，保持平衡！请操纵方向盘，保持平衡！"然后视界陡然又向右侧翻转。顺妮急忙扑在方向盘上，努力与机器的颠簸做斗争，同时胃部一阵抽搐，一股酸味直涌上喉头，她腮帮子一鼓，呃的一声，差点把早饭吐出来。她强忍着呕吐的欲望，每一秒都变得那么难熬，三分钟的体验简直比三天还要漫长。

走下模拟机的时候，顺妮的双腿微微发颤，嘴唇煞白，满头冷汗。

小天兴致勃勃地跳下隔壁的模拟机，与面色颓败的顺妮打了个照面，他一愣。

顺妮带着哭腔对他说："我当不了云使了。"

爸爸笑着迎上来，问他们："第一次体验，感觉怎么样？"

顺妮擦了一把脸上的汗，仰起头对爸爸微笑："还不太习惯。爸爸你们真不容易。"

"这还不算什么，等你们习惯了，可以直接戴上VR（虚拟现实）眼镜，更直接地体验飞行的感觉。"

"如果可以适应VR，就能通过选拔云使的体能测试了吧？"小天有点跃跃欲试地问，他努力不流露出这种兴奋，怕会伤害刚刚受到打击的顺妮。

"想当云使？"顺妮爸爸笑了，用粗大的手掌摸了摸小天的头，"陆工听了一定很高兴，不过要先考上天空城技术学院啊。"

顺妮默默地看着他们。

她觉得爸爸对小天比对自己更加亲切自然。他是看着小天长大的，对他比对女儿还要熟悉吧？

那一刻她又觉得嫉妒了。他们都是属于天空城的人，而她，居然连最初级的模拟机都无法适应。她注定上不了天空城了。

她不想让父亲发现自己的失落，这可是他第一次请假陪她过"六一"节。

"六一"之后，顺妮发生了变化。她变沉默了，经常出神，活动时间也不再去操场上跑步锻炼。只有小天知道发生了什么。他悄悄写了一张字条，折成一个小小的纸角子，在课间压在了顺妮的铅笔盒下面。

顺妮上课前看到了，默默地打开，读过之后什么都没有说。

放学的路上，她又看到了小天。小天站在路中间，目光炯炯地望着她。她绕过他，顾自前行。

"顺妮！"小天喊了一声，"你为什么不理我了？"

顺妮有点气恼地说："你还要来嘲笑我吗？"

"怎么可能！我知道你多想当云使，我也知道你不习惯坐模拟机。你害怕自己上不了天空城，也不适合去那里工作。你没有告诉你爸爸，你告诉了我，因为我们是朋友！但你现在不愿意和我说话了。"

顺妮叹了口气，说："我只是忽然觉得，你也是属于天空城的人，我却永远也当不了云使了，我晕机。"

"也不是没有办法的。"小天鼓励她，"我觉得你应该告诉你爸，他也许能帮助你。"

"真的吗？"顺妮又燃起了一丝希望，"那你呢？你身体条件那么好，以后不想当云使吗？"

小天苦笑了一声："你不必羡慕我。没错，我从小在天空城和父母生活在一起，但我在那里的日子并不快乐，我不想回到那里去。你知道吗，其实我的生活里没有爸爸。他永远在我睡着之后才回家，在我起床之前就去上班了。偶尔有那么一两回，我见到了他，高兴得不得了，想和他说说话，希望他带我玩游戏，可他总是很累的样子，累到没有表情。"小天狠狠地甩了甩头，像是要把不愉快的记忆甩掉似的，"他不是真正的爸爸，他只是个工作机器。"

这一刻，顺妮对小天的同情盖过了她自己的烦恼。她上前一步，拍拍他的肩膀："别这么说，你爸爸不是给你带了那么棒的礼物吗？"

"你说这个？"小天从书包里掏出那架云使的模型，他的手指在淡蓝色的机身上留恋地抚摸了一下，然后将模型递给顺妮，大声说，"喏，送给你了！"

顺妮望着模型机上流动的光，惊讶地张大了嘴："你不想要吗？"

"算是给你的鼓励。"小天腼腆地一笑，"坚持下去，不要放弃，你一定会成为云使。"

顺妮觉得温暖极了，她收下了这件珍贵的礼物，也因此能鼓起勇气，把自己的担忧告诉了爸爸。

那天晚上，在视频的另一头，爸爸笑眯眯地对她说："妮妮，如果你真的想当云使，晕机也是可以克服的。不过要坚持长期的训练，你做得到吗？"

顺妮喜出望外，连连点头："嗯！我做得到，我一定做得到！"

于是那天夜里，她又梦到了"六一"节之前常做的那个梦：

自己已经成为了云使，驾驶气候调节机在云海中驰骋。驾驭风雪雨，擎雷掣电。而回头看时，还有一架蓝色的金属鸟和她共同在云天里翱翔。透过遥远的机窗，她仿佛看到了一张熟悉的面孔，那是她的朋友陆小天。那一刻她高兴极了，真希望她和小天都能成为云使啊！

七

妈妈为顺妮报了名，每个周末都去少年宫参加"小小云使预备营"。这里有专门针对内耳前庭功能的训练项目，锻炼对不规则运动的适应能力。

内耳前庭器是人体对平衡的感受器官，可以感受各种特定运动状态的刺激。当我们主动或被动运动的时候，比如跑步、跳舞、荡秋千，或是乘坐汽车、轮船、飞机等交通工具时，任何的晃动、颠簸、升降都会刺激内耳前庭器，向我们的大脑传递信号。人体对这些刺激的忍耐程度是有限的，而且天生就有很大区别，还受到视觉、个体体质、精神状态以及客观环境因素的影响。飞行员、宇航员

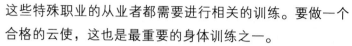

这些特殊职业的从业者都需要进行相关的训练。要做一个合格的云使，这也是最重要的身体训练之一。

预备营里的训练项目仿照天空城技术学院的设置，主要有"转椅训练"和"失重飞机训练"两种。

顺妮先报了一个学期的转椅训练。经过教练的测试，她的平衡适应性特别差，因此计划从半分钟开始，通过一个学期的练习，逐渐增加到能够适应3分钟的转椅训练。当然，这离正式的云使体能测试的标准还差得远呢。那时，至少要适应15分钟的转椅训练才能通过。不过顺妮现在还只是小学三年级的学生，距离那个遥远的考试还有8年的时间准备。她相信，自己一定能够克服体能上的问题，达成自己的理想。

第一次坐上转椅的时候，顺妮既新奇又害怕，想到上次坐模拟机的感受，她的双手不禁紧紧地握住了转椅的把手。

随着一声低低的蜂鸣，转椅开始原地旋转起来，顺妮的身体在座位上随着旋转前后晃动，她的腮帮子又酸了，恶心的感觉把她的胃拧了起来。她记起了教练的叮嘱，尽可能地忍一会儿，再多忍一会儿，让自己内耳的前庭器一点点提升对不规则运动的忍耐能力。

蓦地，转椅停了，一秒之后突然再次启动，这次是间歇性的，转了停，停了转，身体不停地被惯性冲击，左右晃动。这是转椅训练的第二种方式。顺妮觉得，比起连续运动，间歇运动似乎要好受一些，但是剧烈的左右摆动让她非常头晕。她念念有词地反复鼓励自己："我行，我行，我行，我行……"

一直熬到训练结束时，一头冷汗、满身臭汗的顺妮支起身来，然后脚一软，直接倒在了妈妈的怀里。

连上了三个周末的训练课后，顺妮在训练班上发现了一张熟面孔。陆小天也来参加训练营了。

"小天，怎么是你！"顺妮高兴极了，"你不是不会晕机吗？"

"模拟机和上天的情况差远了。连真正的云使都要每天训练呢。"

"可当云使并不是你的理想吧？"顺妮好奇地问。

小天不好意思地摸摸头："也许是上次坐模拟机，让我觉得有点兴趣了。"

"那太好了！"顺妮高兴坏了，也许自己的梦真的会实现，她和小天可以一起当上云使呢。

面对顺妮的雀跃，小天有些别扭地笑了笑。他没有告诉她，自己其实是为了她才来的。听她说起如此漫长的训练计划，想到转椅训练的半分钟要逐步延长到十五分钟——这个过程太艰难，他真怕她坚持不下去。于是他恳求母亲也给自己报了同一个训练班，主动来给顺妮当"陪练"。

小天和顺妮面对面坐上各自的转椅。那一刻，小天禁不住问自己：陆小天，你愿意为了朋友回到天空城去吗？

他想起了自己孤独的童年。顺妮爸爸在讲座中谈到的那些名字，他都太熟悉了。呵，"风云世界"，他的父亲永远就守在那个虚幻的巨球旁边，那几乎是父亲的全部生命。而七岁的陆小天，曾经独自到"白云馆"寻找父亲，却被严厉地拒之门外，母亲还因为这件事受到父亲的责备。

他还记得父亲生起气来就会剧烈地咳嗽，那天父亲格外地生气，好像要把心脏都咳出来了。

他害怕极了，觉得自己闯了大祸。他什么都不敢做，只能蹲在白云馆外的天河桥上，望着桥下涌动的白云，厚厚的、绵密的、白色棉花糖一般的云层。他望着那些流线型机身的金属蓝鸟时而穿过云层，滑进下方的红尘世界，时而又破云而出，回到远处的起降台。

在无法和同龄人共同玩耍的日子里，他只能用数"蓝鸟"的方式来排遣自己的寂寞。

他忽然一个激灵，不是因为转椅陡然停止了旋转、切换了运动模式，而是想起童年的自己曾经多么厌恶那些云上的日子。

转眼，顺妮和小天一起从小学毕业了。毕业典礼上，顺妮代表全体毕业生上台发言，她的爸爸妈妈和其他家长一起，愉快地在台下聆听。小天站在同学们中间，表情中带着一份特别的落寞，他的父亲依然没有列席。这位传说中的"陆工"仿佛真是天上的人了，这么多年来，即使是为了他的儿子，他都未曾下地。

八

那个暑假，发生了不寻常的气候现象。

"三号星"上，完全不知气候灾害为何物的孩子们第一次见到了连续的暴雨。

天好像漏了，就如同有无数个人正在从天空城上用水桶向下不停地倒水。顺妮第一次知道了"瓢泼大雨"到底是怎么回事。她害怕极了。

"妈妈，爸爸在上面还好吗？天气怎么会变成这样？"

妈妈一边担忧地仰头看天，一边故作镇静地说："放心吧，爸爸能应付，雨马上就会停的。"

可是雨没有停。闪电密集地划过天空，几乎要把灰暗的雨幕撕成一条一条的。炸雷一连串地响起，把人的耳朵都震聋了。呼啸的大风又把雨吹成了响亮的鞭子，不断击打着大地。

楼下灌木中的女贞夏天刚刚结子，一簇簇蓝黑色的女贞子像漂亮的珠子堆在椭圆形的叶片上，如今这些美丽的果实在暴雨中被冲了一地。

当然，"三号星"上也有过正常的风雨雷电。但是这样猛烈的暴风雨，顺妮的印象里从未有过。

顺妮想起了陆小天。他是否也在担心他的爸爸呢？

雷雨天气不适合使用通信工具，但是那一刻她相信小天和她的心灵是相通的。

通信器响起的瞬间，妈妈扑上去按下"接收"键。视频那一头却不是爸爸，而是爸爸的同事。妈妈的脸色变了。顺妮知道事情不好，连忙靠近妈妈，握住她的手，母女俩共同迎来了一个坏消息：顺妮爸爸在刚才的灾害天气中出了事故，紧急处理后正在转往地面医院治疗，所幸他的伤情并不严重，没有生命危险。

母女俩对视一眼，都有点恍惚，消息的前半段让她们受了惊吓，后半段却又给了些安慰。她们连忙收拾起来，准备去医院。

通信器又响了。这一次，是小天。他神情凝重地告诉顺妮，他的爸爸突发急病，即将被转到地面医院。而这，或许与刚才的天气灾害有关。

顺妮看到爸爸的时候，他已经脱离了昏迷状态，但依然非常虚弱。医生让家属尽量少和他交谈，以免影响他的休息和恢复。

顺妮望着爸爸因为失血而苍白的脸，小心翼翼地摸摸他的手背，手背是冰凉的。输液管不断将营养液和药液通过一枚小小的针头输入他的体内。顺妮不想打搅爸爸，她只想给他暖暖手。

"妮妮。"爸爸沙哑的声音把她吓了一跳。

"爸爸！"她瞪大了眼睛。

"别害怕。"爸爸的嘴唇抽动了一下，他想笑一笑，却牵动了颈部的伤口，疼得龇了一下牙。

"爸爸，出了什么事？"顺妮忍不住问。

"这么多年，一直都很好，没有出过一次事故。"爸爸叹了口气，"可是，再科学的系统也做不到完全不出错，只是天空城一旦出了错，就会对整个星球造成巨大的损失。"

顺妮低下头，有些后怕。站在身后的妈妈仿佛知道她在想什么，轻轻搂住她，问："妮妮，你也看到了，云使的责任有多么大，而且比你想象的要危险得多。你长大了还想当云使吗？"

爸爸的目光也含着疑问，他在等着女儿的答案。

顺妮犹豫了，她不知道该如何回答。她想起三年多来自己经受的所有训练，除了转椅训练，还有各种用来巩固被动训练成果的主动锻炼：体操、滑冰、游泳……两周前，她甚至已经开始尝试飞机失重训练，在接连经历两次抛物失重状态后，又久违地晕吐了。所有的这一切，难道都白费了吗？

"不！"她脱口而出，"我不会放弃的。"

爸爸宽慰地点点头，轻声说："谢谢。"

陆小天之前没有想过，自己会在这种情况下重新见到爸爸。

爸爸不再是那个不苟言笑的工作机器，而是一具埋在各种医疗器械和插着许多管子的虚弱的肉体。

爸爸要靠仪器来呼吸。

一旁的工作人员对家属解释："系统突然出了问题，混沌系统暂时失灵，好几台气候调节机在暴风雨中出现故障。陆工拼尽全力，终于控制住了局势，但是他的肺病又犯了，这次非常严重，连带发生了心脏问题。张工现在临时代班……"

母亲呜咽了一声，低低地喊道："这么多年了，你们从来没有给他放过假！一直这么拼命，怎么会不出事？"

她紧紧搂着小天，没有料到孩子此刻却非常镇定。"妈妈，别担心，爸爸会好起来的。而且，一直都是他不

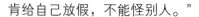

肯给自己放假，不能怪别人。"

母亲惊讶地望着儿子，发现他挺拔地站在床前，已经和她一般高了。儿子长大了，而且，他开始理解自己的爸爸了。

小天的目光从窗口望了出去，望向窗外的蓝天白云。之前的狂风暴雨已经停歇，星球上的生活又恢复了往日的恬静。此刻他深深地体会到，原来自己习以为常的生活一直是靠爸爸的无私工作，甚至牺牲了与家人团聚的机会换来的。

童年的孤独、曾经的失落，原来都是为了三号星上的人们能够安享风调雨顺的生活。

云上的日子，曾经孤寂而漫长的岁月，忽然有了不同的况味。

他曾经有过当医生的梦想，是想长大了为爸爸治病。虽然离开了云上的世界，他耳边却总会响起爸爸的咳嗽声。但此刻，他忽然知道，让爸爸真正放心、舒心的方法是理解他的工作，继承他的志愿。

是什么力量支持他和顺妮一起训练了这么多年？除了友谊，还有一种隐隐的期待吧？期待通过接近云使，就能接近天空城，接近他爸爸为之献身的理想。

想到这儿，他脱口而出："爸爸，长大我要当云使。"

昏迷中的爸爸似乎听到了，他的面部微微一动，几乎要展现出一个笑容。

　　十年后的一天，在三号星的天空中，翱翔着一对特别亮丽的蓝色机器鸟，驾驶它们的是当日刚刚执行首次任务的两位云使。他们一边操纵飞行器，一边接收指挥中心的命令，执行气候任务。他们左手牢牢控制着表盘上的操作杆，右手在复杂的操作台上蜻蜓点水般掠过。在两架气候调节机周围，逐渐形成了气流旋涡，强风、闪电、热流、寒流从机身喷射而出。

　　他们的表情渐渐变了，变得更加锐利、更加投入、更加热忱。

　　那是顺妮和小天。他们都以高分考取了天空城技术学院，并通过了选拔云使的体能测试，历经艰苦卓绝的训练，今天终于开始执行任务了。

　　不约而同地，两人打开云使之间的通信器，情不自禁地同声唱起学院的院歌：

　　——云使，翱翔风的海洋。

　　青春在云上的日子，是多么美妙欢畅……

人与云的故事

徐建中

我们都知道，太阳系中适宜人类生存的星球，只有我们脚下的这颗地球。它如晶莹的蓝宝石，美不胜收。这里气候宜人，在这样温和的环境中生物可以自由自在地繁衍生息。但即便是气候如此宜人，地球上依然会时不时产生极端天气，给人类带来麻烦，甚至是灾难。所以人们渴望能够"呼风唤雨"，自然界"风调雨顺"。为此，气象科技工作者一直在人工影响天气的道路上做着艰难的探索。

人工影响天气，是指为避免或者减轻气象灾害，合理利用气候资源，在适当的条件下通过物理、化学等手段对局部地区的大气进行人工影响，实现增加或减少雨雪、防雹、消雹、消雨、消雾、防霜等目的的活动。

比如，在夏季连续晴热少雨而出现干旱时，便会采用人工降雨的办法，对天气进行适当的干预，下一场"及时雨"或"透雨"，缓解旱情和人畜饮水困难。

再如，在一些山地经济作物种植的集中区，春夏之交会产生冰雹一类的强对流天气，给农作物带来极大的伤害，所以利用人工影响天气的方法进行防雹、消雹，可以解决农民的燃眉之急。

但是目前人工影响天气还属于实验性科学，只能影响小范围局部地区的天气。要影响大范围区域的天气，目前的水平是无法实现的。打个比方，如果要改变一块10千米乘以10千米范围的雷雨云，其所需要的能量非常巨大，大概是470万桶石油燃烧释放的能量。

虽然人工影响天气如此困难，但我国却多次成功小范围地对天气进行了人工干预，最为大家所熟知的，就是人工降雨。

要知道，雨的形成有三个条件：首先要有水汽由源地水平输送到降水地区，即水汽条件；其次是水汽要在降水地区上升到空中，冷却凝结形成云，即要有垂直上升条件；最后是云滴增长变为雨滴并降落，即云滴增长的条件。

云和降水过程所伴生的能量十分巨大，一个气团雷暴以1000千米^{3}的体积计算，其释放的凝结潜热约为2.5×10^{15}焦，相当于燃烧10^5吨煤的发热量。采用瞬间释放大量能量的方式来影响云和降水显然是不现实的。所以科学家就在改变云滴增长过程方面进行研究。发现开展人工降雨，比较可行的方法是通过在成云、降水过程中的某些环节实施播撒适量的催化剂，促使云、降水按预定方向发展，达到人工降雨、增雨的目的。

其具体措施为：在云体过冷却（$-10 \sim -24\,℃$）部位播撒人工冰核或制冷剂，使云内部的冰晶浓度迅速提高为

10～100个/升，既通过蒸凝过程使云中过冷云转化为降水，又使一部分冰晶表面的过饱和水汽通过凝华方式转化为降水，凝华过程中释放出的热量导致云内空气增温和局部上升运动加强，从而使云和降水持续发展。

人工降雨很好理解，那么我们再来看看人工消（减）雨。

2008年北京奥运会开幕式的"无雨"，是我们国家人工影响天气史上的里程碑事件，这次消（减）雨作业是奥运史上首次成功进行人工消雨的案例。

2008年8月8日，北京地区天气形势十分复杂。早晨，京郊密云和怀柔等地区出现了降水天气。天气预报分析，午后北京会有阵雨或雷阵雨天气。

针对天气形势，人工影响天气办公室向各分指挥中心发布了地面火箭人工消（减）雨的指令。利用飞机对降雨云层播撒催化剂。你可能会好奇，播撒催化剂不是促进降雨吗？怎么会消雨呢？殊不知，过量的催化剂可以使云中的小水滴彼此竞争，反而使小水滴无法长成为大雨滴，同时，此次消雨还利用火箭进行了大规模拦截。在整个奥运会开幕式期间，成功使国家体育场内没有出现任何降水。

除此雨水天气以外，还有一种冰雹天气，是人工影响天气里非常重视的一种天气类型。

冰雹是经常出现的自然灾害，而且会造成非常大的损失。每年的4~6月是我国雹灾发生次数最多的时段，为降雹盛期。这一阶段恰好是农业春耕的季节。冰雹从高空急速落下，冲击力大，再加上猛烈的暴风雨，使其摧毁力得到加强，经常让农民猝不及防，对人畜生命安全造成威胁。

　　什么样的云会出现冰雹天气？除了借助于天气雷达、气象卫星等科学仪器观测外，气象工作人员也积累了丰富的肉眼观天方法。首先看云的形态，雹云云体庞大，高耸挺立，云底低而云顶高，上下可达8~10千米以上，云体剧烈翻腾，移动速度比发展旺盛的雷雨云还快，云顶成砧状，云底呈明显的滚轴状和乳房状。农谚说："云顶长头发，定有雹子下。"其次，还可以看云的颜色。冰雹云的底部比一般的雷雨云还要乌黑，像锅底，常带土黄或暗红色，也有的带紫绿色。这是因为冰雹云比一般雷雨云发展更旺盛，水汽含量更多。再次看云的动态，如果是两块浓积云合并，发展就异常迅速，人们称之为云打架或云接亲，有时四面的云向一处集中，一般是向经常产生冰雹的源地上空集中，这是因为气流的辐合作用和地形地貌的影响，造成对流进一步加强，云体发展得更旺盛。如农谚所说："云打架，雹要下。""乱搅云，雹成群。"

　　所谓人工防雹，是采用人为方法干扰一个地区上空可能产生冰雹的云层，使云中冰雹胚胎无法发展成冰雹，或者使小冰粒在变成大冰雹之前提前降落到地面。具体方法是设法减少或切断小冰胚的水分供应。同样多的水汽，只要结成的水滴冰粒比之前的多，那么单个冰粒的体积就会变小，从而抑制雹块的增长。

　　通常，人工防雹会用高炮或火箭将装有碘化银的弹头发射到冰雹云的适当部位，以喷焰或爆炸的方式播撒碘化银，也常用飞机在云层下部播撒碘化银焰剂，使其迅速形成毫米尺度的人工雹胎，与自然雹胎竞争云中的过冷却水。

除了人工影响降雨和冰雹，我们还可以人工消雾。

大雾会降低能见度，严重影响人们出行，容易引发严重交通事故。轮船怕雾，海上浓雾会使船只触礁失事；汽车怕雾，高速公路上发生汽车追尾事件的罪魁祸首常常是雾；飞机怕雾，机场上一有雾，飞机就无法起飞和降落，其直接损失是以每分钟多少万元来计算的。所以人工消雾也越来越受到人们的重视。

人工消雾分为人工消暖雾（雾区温度高于0℃）和人工消过冷雾（雾区气温高于0℃，雾滴为过冷却水滴等）。目前有三种消暖雾试验方法。第一种是加热法，即对小范围区域雾区如机场跑道等，通过大量燃烧汽油等燃料、加热空气使雾滴蒸发而消失；第二种为吸湿法，即播撒盐、尿素等吸湿质粒做催化剂，产生大量凝结核，水汽在凝结核上凝结长成大水滴，雾滴会蒸发并在大水滴上凝结，使雾消失；第三种人工扰动混合法，用直升机在雾区顶部搅拌空气，把雾顶以上干燥空气赶下来与雾中空气混合，使雾消失。

未来人工影响天气的应用有着广阔的前景和需求，说不定，有一天我们也可以像《云上的日子》那样，重建一个行星的气候呢。

星球收割者　▪ 丙等星 ▪

星球收割者

人生的目的

"石油真是一个好东西啊。"

爷爷一口一口地吐着烟圈,把7岁的沈勉抱在自己的膝头。

"听说,古时候的恐龙,因为陨石大灾难,全都死了,尸体被埋到地下。经过了千万年的化学反应,就变成了石油。石油被开采出来,经过科学家的加工,就变成了塑料,做成了你手里的恐龙玩具。"

沈勉似懂非懂地摆弄着恐龙玩具,眨巴着眼睛说道:"爷爷,你是说,恐龙死掉了,就变成了恐龙玩具?"

爷爷扑哧一笑,茶水呛到了喉咙里,边咳嗽边说:"咳咳,也行,咳咳,你要这么说也行。"

沈勉把玩具高高地举到头顶:"恐龙真是好人!我最喜欢恐龙了!"

"不对不对,你应该最喜欢石油才对。"

二十五年之后……

　　沈勉已经是中国地质大学的博士，可再生石油方面的专家。

　　他早已知道，爷爷的话其实是错的。石油确实来自古生物的遗骸，但恐龙遗骸却只是其中的一小部分。早在距今5.7亿年前的寒武纪，地球就已被各种无脊椎生物所占据，之后，一直到距今6500万年的白垩纪，才是人们所熟知的恐龙大灭绝。在普通人眼里，恐龙已是无法想象的远古巨兽，但事实上，恐龙的历史，也不过就是漫漫长河的一小部分而已。

　　谁能料到，曾经的星球霸主，竟遭遇了不为人知的灭顶之灾，又历经千万年，化作了油箱里的燃料、食品外的塑封，以它们绝对料想不到的形式，成为了后世代生命的生活资源。

　　每当想到这些，沈勉就不由得唏嘘不已。几千万年以后，人类又会以什么样的形式存在呢？

　　"沈博士，您考虑得怎么样了？"

　　一个声音把沈勉的思绪拉回到了现实。眼前坐着数位西装笔挺的人物，无论是他们不苟的服饰、笔直的坐姿，还是摆放在桌上的翔实资料，都炫耀着一股商业精英的气息。

　　"您知道的，自然界的石油能源日趋耗尽，人造石油成了各国及企业的迫切需求。如果有您这样的人才加入我们团队，我们一定可以……如果有什么待遇上的要求，您尽管说……"

沈勉回报以礼貌的微笑，仔细翻看着手中的资料——

华疆高科技公司，本世纪最大的科技公司之一，涉及电子、机械、医药、生物、化工、矿产等众多领域，尤其在能源方面，无论是化石燃料，还是在太阳能、核能等高新科技领域，华疆公司都是业内首屈一指的翘楚。

由于传统化石燃料的枯竭，人造石油毫无争议地成为热门课题。沈勉学生时代以来便专注于可再生石油的研究，虽然根本原因是内心的驱动和热爱，但是也多多少少预见到了这个领域在未来市场的巨大需求。

也就在这个时候，华疆公司主动抛来了橄榄枝，提出了让人难以回绝的聘用条件。天时地利人和，确实到了将这项技术广泛推广的时候了。沈勉合上资料本，下定决心般说道："陈经理，您太客气了。只要科研设施到位，个人待遇不重要。毕竟，我最喜欢石油了。"

他仿佛看到，爷爷嘴里的烟圈，一个一个地吐出来，在房间里四处飘荡着。

活体石油

"愚蠢的地球人啊！"

陈经理一面读着手里的文件，一面悲愤地嚷嚷着："你能想象吗？一直到21世纪，88%的石油都被用来当作纯粹的燃料，只有12%作为化工原料，转变成了塑料等其他物资。浪费啊，这是何等的浪费啊！整整88%的黑金啊！居然就这么哗啦啦地烧掉了？！"

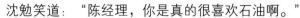

沈勉笑道："陈经理，你是真的很喜欢石油啊。"

陈经理毫不避讳地说道："那当然，石油可是现代化工业的基础。人类自二战以后，开始大规模开采和利用石油，而也就是这短短几十年时间，却好像是一剂神奇的催化剂，让科学技术迎来了突飞猛进的发展。可以说，正是石油为人类拉开了现代化的序幕。"

沈勉深表赞同，点头道："你说得对，事到如今，虽然太阳能与核能早已取代了传统能源，但石油却仍然是众多工业制品的重要原材料，仍是不可或缺的战略物资。有时候吧，我甚至会觉得，石油简直就是造物主的恩赐。"

说话间，沈勉举起一个晶莹的培养皿，放到阳光下，充满爱意地看着培养皿中的物事。

造油菌，这是整个人造石油的基础。这种细菌，能够极大加速有机物的反应过程，将地壳中千万年才能生成石油的生化反应，在短短48小时里实现。

陈经理也兴奋地凑过来盯着培养皿，也许在他眼里看到的是沉甸甸的黄金。

"现在唯一的问题是，"沈勉说，"我们无法将细菌从成品油里分离出来。"

"那我倒不担心，"陈经理摆摆手道，"生成反应时的高温高压，一定会杀死有机原液中的所有细菌，所以对成品油的品质没什么影响。"

沈勉皱起眉头，不悦道："不，我担心的不是产品品质，我是舍不得这些细菌。毕竟是制造出可再生石油的大功臣啊！就这样过河拆桥，不管它们死活，我们人类是不是太过残忍了一点？"

这些细菌是他十几年科研生涯的结晶，是字面意义上的"视如己出"，绝对不想随随便便烧死了事。但是沈勉自己也知道，对于陈经理以及整个公司，这些细菌就是纯粹的商品，生财的工具。

陈经理立刻明白了他的心思，赔笑道："大功臣怎么能是细菌呢？当然是我们的沈博士啦！只要早日把这项技术投入大规模生产，那可是改变世界的重大贡献啊！大家都在讨论，对沈博士来说，诺贝尔奖也是唾手可得啊！"

沈勉叹一口气，他十分清楚，全国上下、整个化工产业链上，少说有几百万人口，每天的工作都离不开石油。早一天投入生产，就能少一个公司破产，少一批工人下岗，少一些以泪洗面的家庭。所以，现在绝对不是感情用事的时候。

"沈博士，这笔账其实是很清楚的，"陈经理继续说道，"繁殖这种细菌的成本低、速度快，而将其从成品油中分离出来，反而难度大增。像您这样的聪明人不可能不明白。"

"您就不能再给我一些时间吗？"

"那请问，还要多久才能完成造油菌的分离和回收呢？"陈经理礼貌地问道。

"这……"沈勉哑然了。还需要多久呢？这可不是什么简单的技术问题，事实上，他根本没有眉目。他思考了许久，终于叹气道："好吧，暂时这样吧……"他低下头，但心里却下定决心，即使暂时妥协，但回收这些小生

命的脚步，他却绝不会停下。

生命的目的

"沈博士，您真的很珍惜这些小生命啊。"

说话的人是科研团队的年轻助手，美籍化学家玛丽亚。玛丽亚比沈勉年轻5岁，标准的高加索人种，有着货真价实的湛蓝眼珠及金色的头发。

沈勉回答道："我只是在想，这些单细胞生物，好歹也是鲜活的生命。我们只是发现了它们的特性，就用来制造资源，自说自话地剥夺它们的生存权利。你说，造物主创造它们的目的是什么？就是为了让我们制造石油吗？"

玛丽亚笑道："博士，你觉得生命的目的又是什么呢？我们人类的生命，又为什么会被创造出来呢？"

沈勉微微叹息道："所以说，科学走到最后，难免会触及神学。如果神真的存在，真的能够回答我们，那该有多好。"

"我相信，神是存在的。"玛丽亚微微拉开衣领，伸手掏出了胸口的十字架，"我相信，每个人被创造出来，一定有其价值。"

玛丽亚是基督教徒，这在科研团队里并不是秘密。作为一个宗教信徒，玛丽亚从不激进，也从未刻意宣扬教义。大家知道她的信仰，只是因为她在每日午餐前都会默默祷告。她从未要求别人去迎合她的习惯，就只是一个人，默默地闭起眼睛，面对食物念念有词，轻轻嚅动嘴唇，感谢上帝的赐予。沈勉偶尔与她一起吃饭，在喧闹嘈杂的背景里，一位专注默祷的女性，简直美得像一幅画。

"玛丽亚，对你个人而言，人生的目的是什么呢？"

"标准答案是，荣耀主的名。"玛丽亚说，"但在这个时代，宗教的接受度早已大不如前。所以我也只能独善其身而已。相信我的生命是有意义、有目的的，有一天会被造物主所用，这会让我的内心更加充实和宁静。"

沈勉点点头："说得好。我虽然是无神论者，但也时常会想，人生在世，是不是应该有什么目的和意义呢？如果大家都能知道自己诞生的理由，是不是也会少去许多忧愁和迷茫？"

玛丽亚饶有兴趣地说道："现在已经很少有人对宗教怀有您这样的敬意啦，我真是太感激了。"

沈勉摆摆手道："你不必客气，我也并不是在说客套话。这个世界上确实有很多未知的事物，让人趋向于相信造物主的存在。或者说，有某一种意志，在引导着星球的历史。"

"比如说？"

"就拿石油来说，有很多无法解释的地方。石油的成因，一般公认为是古生物的遗体，埋在地层之下长期高温高压的生成物。那么问题就来了，路上死了小猫小狗，它们的尸体只会腐烂，不会成为石油。要成为石油，必须在腐烂前把尸体埋到地底，并且是大量生物不断重复这种行为，这在逻辑上是很难解释的。"

玛丽亚略作思考，问道："会和生物大灭绝有关系吗？"

沈勉点点头："现在也只能这样推测了。考古学一般认为有五次生物大灭绝，其一就是我们所熟知的恐龙。也只有这样短时间内集中性的大规模生物灭绝，才有可能产生石油。"

"所以，"沈勉耸了耸肩，像是不好意思般说道，"如果以人类为中心来思考问题的话，那就是我们的上帝，亲手毁灭了恐龙，赐给人类石油。哈哈哈，这样想是不是太过自以为是了？"

"你的推断也太过大胆了。"玛丽亚也笑道，"连我这样的有神论者，都从来没有过这种想法呢。"

两人就这样天南海北地聊了一会儿，玛丽亚突然想起了什么似的，微笑着问道："那么话说回来，沈博士，您的人生目的又是什么呢？"

沈勉叹一口气，思绪飘回到了遥远的过去。

曾经，家乡的油田是全国经济的命脉，年幼的他，曾亲眼目睹一个油田养活了全国上下数之不尽的重工业单位。只可惜，油田终有枯竭之时，曾经为几代人带来繁荣和财富的油田，逐渐失去了往日的荣光。

有些工人无法接受这样的落差，甚至数次引发大规模罢工。爷爷当然不会那么不理智，但每每谈到曾经的光辉岁月，爷爷的眼中总会闪过一丝落寞。

那个时候，沈勉就下定了决心，他要为油田带回往日的光荣，要在枯竭的油田里重新制造出石油。

"您的理想很物质，但是也很崇高。"玛丽亚说，"放心吧，没有什么能够阻止您实现自己的理想了，除了世界危机。"

陨石再临

可没有想到，世界危机真的来了。

一颗巨大的陨石，突然偏离轨道，即将坠落地球。

根据美国航空航天局NASA的计算，陨石将直击非洲大陆，落在非洲西南部的安哥拉境内。届时将造成毁灭性的冲击，直接破坏力相当于10的14次方的TNT当量，冲击波将摧毁非洲大陆的一切生命，并蔓延到欧洲西南沿岸。扬起的尘埃将覆盖整个地球圈，地表将在未来几万年重新回到冰河世纪……

人们不由自主地联想到了白垩纪造成恐龙灭绝的陨石灾难，而这一颗陨石，已经充分满足了制造一次大灭绝的所有条件。

虽然安哥拉及其他非洲国家政府一致主张不要慌乱，一定会有办法，但在这种级别的天灾面前，人们都会选择用自己的双脚来投票。非洲人民已经开始了大规模避难行动，有钱的逃往亚洲、美洲，没钱的至少要离开安哥拉及周边地区，尽量朝北非移动。摩洛哥和埃及聚集了大量的难民，人山人海拥堵在边境口岸，放眼都望不到边。

实际上，如果真如预测的那样，地球上任何一个角落都无法幸免。但人类终究是盲目的，只要能够逃离第一次冲击，哪怕只是多活几个月、几个星期，便足以让普通人拼尽全力。

沈勉的工作地点距离第一次冲击的位置非常遥远，是非洲难民们纷纷向往的逃亡之地。事发之后，他依然按时去公司上班，因为一个人待着，只会让情绪更加糟糕。他宁愿投入到繁忙的工作中，还能稍稍转移一些注意力。当然，他也十分担心同事和朋友。

不出所料，公司上下都沉浸在一股压抑的氛围中。上班人数明显比平时少，即便是工作的同事们，也都只是有气无力地摆弄着手中的仪器，即便出错了也不当回事。就算上司坐在身边，也没有了往日的呵斥，连骂人都提不起精神。所有人的眼神里都流露出不安与恐惧，一个个都如同行尸走肉。

中午，沈勉与几个相熟的同事坐在一起吃午餐，席间气氛沉重，整个食堂都静悄悄没有声音。

所有人里，只有一个人显出异常的镇定，那就是太空能源部门的技术主任，焦田斐博士。

"你们真的不用那么紧张。"焦田斐说道，语气里并没有刻意的成分，"这一次我是相信政府的。'星球大战计划'早在美苏冷战时期就提出了，主要目标就是防御来自大气层外的攻击。以现在的科技水平，具备能够在大气层外摧毁陨石的核武器，绝不是什么天方夜谭。"

太空能源部门是另一个专注于新能源的科研团队，主攻在地球以外开采能源的创新方案。也由于这个部门的特殊性，焦田斐是航空航天方面的专家，相比传统能源，他反而更加擅长航天科技。

他的话似乎为整桌人带来了活力，一双双眼睛里都突然有了光彩，越来越多的人也渐渐打开了话匣子。

"焦博士说得对。以大气层外为目标的核武器，说不定已经在某些发达国家的武器库里了，只是普通人不知道而已。"一位同事说道。

"是的是的，"另一位同事附和道，"你看非洲那几个国家的政府首脑，并没有像民众一样逃难，说不定他们真有办法。"

"对啊对啊，否则他们还不赶紧逃啊……"大家七嘴八舌地议论道。

沈勉暗暗苦笑，人类就是喜欢这样自我安慰。但是话说回来，反正什么都做不了，自我安慰又有何不可呢？

大家还在议论着，一位名叫韩子房的计算机博士问道："焦博士，如果陨石距离地表太近，就算成功击毁，残骸也会造成危害，对不对？你认为，最晚的攻击期限是什么时候？"

焦田斐点了点头说："你说得没错。根据我的粗略计算，从今天开始，如果能在7天之内击毁陨石，那么83%以上的固体残留物都不会落入大气层，剩余部分则会与大气层摩擦而烧毁，爆炸和核辐射会产生一定的局部影响，并非不可接受。"

人群间飘过一阵小小的骚动，似乎都没想到期限会来得如此之快。

沈勉也苦笑道："只有7天啊，也好，至少不会在这种盲目的未知中永远等待下去。"

焦田斐继续说道："如果超过7天，残留物会对非洲大陆造成一定的冲击，有很高的可能性会破坏一些城市。但是如果能在13天之内解决陨石的话，我估计，受灾范围至少能够控制在非洲地区。"

"非洲地区……"人群中又爆发出一阵叹息，"我敢肯定，如果陨石是落在某国人头上，他们早就已经把核武器发射出去了。"

新一轮的骚动爆发开来，很多人似乎都赞同这一观点。话题微妙地从陨石转移到了大国之间的军事斗争。

"超级大国都不想暴露自己的超长程核导弹，所以才不动手吧？说不定现在都在互相扯皮呢！"

沈勉对阴谋论不太感冒，但又觉得这一次的猜测似乎合情合理。自从1996年在第50届联合国大会上通过了《全面禁止核试验条约》以来，各个国家原则上都不能够继续公开进行核试验。至于伊朗、朝鲜等试图研制核武器的国家，也因此遭受国际上的严重制裁，甚至引发国际战争。

以这一次事件而论，如果任何一个拥有核武器的国家率先发射核导弹，虽然会在第一时间被民众们奉为英雄，但事后一定会遭受其他国家政府的批判和清算，因为超长程核武器是原则上不允许存在的禁忌。这是一种能够攻击全球任何角落的达摩克利斯之剑，其他国家政府一定会群起而攻之。

更微妙的是，非洲国家反倒是最不可能具备这种超长程核武器的国家。最早的"核俱乐部"几大成员国，美、英、法、俄、中，由于地理因素，也没有急切去解决这个问题的动力。

经过了一个中午的闲散讨论，公司里的科学家与工程师们几乎达成了共识：如今已形成了一个尴尬的局面，任何一个国家都不希望陨石坠落，但是任何一个国家都不希望由自己来发射核武器。

这种时候，就只能期待国家领导人的智慧了。

沈勉叹了一口气，算是为这场讨论画上句号：

"谁能想到，世界危机之前，决定人类命运的既不是科学技术，也不是军事实力，而是外交上的博弈。人类，真是复杂的生物啊！"

危机的姿态

7天的时间很快过去了。在焦田斐预测期限的最后一刻，人类历史上第一次大气层外的超长距离核导弹，或者称为核火箭也许更加恰当，终于在最后一刻，发射出去了！

发射核火箭的不是某一个国家，而是"核俱乐部"五大成员国的共同成果。各个国家派出最优秀的技术人员，组成一个"危机小组"，每个人都似乎不知道要怎么办，然后在会议当中，再把早已存在的武器技术，当作创新的点子，在会议上提出。大家再把这些"创新"的想法融合在一起，每个国家贡献一部分的现有物资，A贡献战略核弹头，B贡献搭载火箭，C贡献制导系统，D贡献发射塔……最终，就在这样微妙的默契之下，大国们共同"研发""设计"并组装出了人类历史上第一枚大气层外核导弹。在休斯敦火箭发射中心，成功升空。

全球60亿人，无论身处何地，身处什么时区，白天还是黑夜，在那一刻，全部都翘首以盼地望向天空中同样的方向。在一阵肉眼可见的爆炸火光中，陨石被击毁了。

全球60亿人，在同一时刻纵情地欢呼，疯狂地拥抱在一起，将这一段时间的压抑与绝望尽情地发泄出来。电视新闻里充斥着慷慨激昂的报道，各个国家的播报员，用各种语言宣布着这一个美好的消息。人们赞美着领袖们在危机面前的决断与智慧，赞美着国家间抛却国界与种族的隔阂，团结在一起，齐心协力度过了这次的世界危机。

"我们不是恐龙！"人们忘情地欢呼着。

沈勉的内心充满了对人类文明的颂歌。

6500万年的进化，让人类拥有了对抗星球级灾难的力量。人类再也不会重蹈恐龙的覆辙，再也不会重蹈地球上任何古代生命的覆辙。

拥有漫长历史的地球，经历了5次大灭绝，终于迎来了真正的主人。人类文明，将成为第一个跨越星球灾难的文明，在地球上永远地存续下去。

沈勉这样想着，这样相信着。

几千万年以后，人类又会以什么样的形式存在呢？

到那时候，人类应该早就已经离开了地球，踏上了征服宇宙的道路。宇宙时代的人类，应该不会再使用石油这样的化石能源。到了那个时候，人类还会记得今天的一切努力，还会记得今天的忘情欢呼吗？

当人类沉浸在无边的喜悦中时，下一刻，非洲大陆沉入了海底。

曾经在非洲大陆的位置，正上方的天空中，出现了直径几百千米的巨大光环。整个大陆板块就像是受到了光环的牵引，发出了持续不断的震动。这不是任何级数的地震可以比拟的景象，整个大陆，以肉眼可见的振幅，持续剧烈地震动着；整个大陆，就如小孩手中的玩具，就如汪洋中的一叶小舟，疯狂震动之后，沉入了大洋的海底。大西洋与印度洋就这样融合在了一起，巨大的位移产生了巨大的洪浪，暴虐地冲刷着欧洲与南亚的海岸线。无数的城市就在浪涛中一起沉入了大海。

超级大国再也顾不得体面，顾不得国际公约，所有的导弹、战机、激光、核武器，一股脑地射向空中的光环。地球人类从来没有在同一时间见过那么多的武器，哪一次世界大战都没有。这是只有这个时代才能制造出的高科技设备。

但是一切都毫无意义。

光环只是光环，光环没有实体。所有的武器，穿过光环，就在人们的视野中消失不见了。

整个人类文明彻底地震惊了。

"难道，这才是真正的世界危机？"沈勉听到了自己的声音。

星球的目的

"我们必须要持续进攻！"政府官员在电视机前歇斯底里地吼叫着，似乎只有这样才能保持住残存的理性，让自己有继续活下去的意念，"我们必须要进攻！如果光环是折叠空间的传送门，那么我们必须要不断地往光环里输送武器，就能威胁到另一端的外星人！"

沈勉重重地叹了一口气。继续攻击看不到任何效果，但是除此以外也没有其他的方法了。在光环出现的一瞬间，非洲大陆就这样沉没了，地壳变动带来的后续影响还在持续增加，海啸、地震席卷着地球的每一个角落。整个人类世界，短短几天内就已经失去了十几亿的人口。

以探索光环内部为目标的载人航天计划已经获得了政府的批准。尽管谁都知道，这趟航班必定有去无回，但除了盲目的攻击之外，探索成为了唯一的选项。有很多人自愿成为第一批进入光环的探索者，这些人里一半是军人，他们将保卫家园视为天职。还有一半，则是科学家，这样一个无法解释的物理现象，对于科学家有着致命的吸引力。很多人宁愿牺牲自己的生命，也要一探光环的秘密。

焦田斐已经确定成为了第一批探索者。沈勉又何尝不想同去，但名额有限，他的专业背景又不够契合，只能退位让贤。出发前一日，两人聚在一起，痛饮了一番。沈勉并没有说出"珍重""平安"之类安慰性的话语，因为两人都知道此行的性质。

焦田斐最后只留下一句话："但愿我能够看到危机的真相……"

沈勉没有想过焦田斐能够回来，更没有想过他会以这种形式回来。

在全世界的注目中，焦田斐的身体宛如幽灵一般，缓缓地从光环中飞出，缓缓地飞向地面。世界各地的人们，无论相距多远，无论室内还是室外，所有人都能够看到焦田斐的身姿，散发着淡淡的光芒，鬼魅般地占据着每一个人的视网膜。

人们不知道他在哪里，因为他在每一个人的视野里。这在物理学上无法解释。

"感谢你们送来这个媒介，让吾等能够这样通话。"

全世界每一个人都在同一时间听到了焦田斐的声音。而很多人也在一瞬间就明白了，不管说话的人是谁，他都不是焦田斐自己。

沈勉情不自禁地吼道："你是谁？为什么要攻击我们？"

"吾等，即是光环之主，亦是星球的收割者。"

沈勉发现身边的所有人都在喃喃自语，每一个人都像是正对着空气交谈，嘴里蹦出一个又一个问题。

焦田斐的影像不仅投射到了每一个人的眼中，他的声音也正在与几十亿人同时进行着交流。每一个人都在诉说着不同的问题，但无疑每一个人的交谈对象，都是焦田斐，或者至少是焦田斐的影像。

这是多么惊人的科技水平！

如果，这一切还能够用科技来解释的话。

惊恐之后，沈勉的心中滑过一丝欣喜。至少，这是一个能够沟通的死神，能够知道他的诉求与想法。如果末日果真无法避免，至少能够知道末日的缘由，总不至于死得不明不白。

沈勉稳定了一下情绪，开始一字一句地提出问题："你们的目的是什么？"

"星球的果实已然成熟，吾等只是来摘取而已。"

"为什么要攻击我们？"

"并没有攻击你们。吾等只是来摘取果实而已。"

沈勉的愤怒一下子喷涌而出："数以亿计的生命消失了！整个大陆沉没了！这连攻击都算不上吗？"

焦田斐，或者说"收割者"，沉默了几秒钟，似乎是在思考如何组织语句。但最后，他仍旧用无比平静的语气，吐出了同样的话：

"并没有攻击你们。吾等只是来摘取果实而已。"

理智告诉沈勉，愤怒与冲动在此刻毫无作用。他必须要进行有意义的对话，才能找寻到躲过危机的契机。他努力控制住心情，换一个角度问道：

"星球的果实到底是什么？"

收割者指了指沈勉的桌子，桌子上有一台电脑。

"你是说……电脑？还是泛指电子设备？"

收割者摇了摇头，他手指微动，整个电脑便自动瓦解开来，在空中散成各种元部件，塑料的外壳、金属的电线、半导体的芯片……最后，所有的塑料制品飞到空中，直接飞向了光环的中心。

"塑料？！"沈勉大惊失色，"你们要的是塑料？！"

收割者点点头："高分子聚合物，就是星球的果实。"

"果实用来做什么？"

"果实，当然就是用来食用的。"对方的表情始终如机械般冰冷，完全看不出是严肃还是说笑，"并非必要的生存品，只是众多个体觉得非常可口。"

沈勉又一次惊得说不出话来。他眼角的余光里，看到周边更多的塑料制品，都飞升到了空中，被吸进了光环之中。

具备超高科技的收割者，沉没了整个非洲大陆，毁灭了数亿的生命，最终的真面目，居然就是吃塑料的外星人？

理智上能接受吗？感情上能接受吗？

"吾等，历经各个星球，制造有机物的养料，收获聚合物的果实。几十亿年来，一贯如此。只是没想到今天遇到了可以对话的媒介。"

沈勉不可避免地注意到，对方只提到了"对话的媒介"，却没有提到飞向光环的狂轰滥炸的各种武器。人类的反击，根本没有被放在心上吗？

他稳定了心神，问出了下一个问题："你刚才说，'几十亿年来，一贯如此'，这是什么意思？"

　　"正如字面上的意思，这颗星球，已经耕种了几十亿年，也收割了很多次。"收割者顿了顿，又补充道，"当然，是以你们的时间观念来计算的。"

　　一个惊恐的想法在沈勉脑海中闪过，他颤抖着问道："收割了很多次……到底是多少次？"

　　"五次。"

　　收割者的语气波澜不惊，沈勉的内心却已经掀起了惊涛骇浪。

　　五次！

　　地球历史上的生物大灭绝，正巧不巧，也是五次！

　　沈勉抱着最后一丝希望，试探性地问道："那么，最近的一次是什么时候？"

　　"按照你们的时间计算，是在6500万年前。"

　　6500万年前，正是恐龙灭绝的日子。

　　"难道，前几天的陨石，也是你们送来的？"把问题说出口的时候，他已经知道了答案。

　　"没错，确实是吾等，沿用了6500万年前的方法，利用陨石撞击及后续影响，将有机生物转化成为液体的养料，然后再对果实进行收集。但是这一次没有成功，所以改为使用光环。然后就遇到了你们，遇到了你们送来的对话的媒介。"

　　"果然，灭绝恐龙的是你们？"

　　焦田斐的面部仍旧毫无表情："如果你指的是6500万年前遍布地表的爬行生物，那么确实是我们。每当星球表面被有机生物覆盖的时候，就是制造养料的时机。"

沈勉感到双腿发软，几欲坠倒。他不由自主地想到了与玛丽亚之间的对话：

"如果以人类为中心来思考问题的话，那就是我们的上帝，亲手毁灭了恐龙，赐给人类石油。"

他居然蒙对了前半段，但后半段却错得离谱。眼前这一位吃塑料的上帝，绝对不可能是《圣经》里那位仁慈的天父；他一手创造了石油，却绝对不是为了滋养人类。

人类始终以为，恐龙灭绝只是遭遇了陨石这样的极小概率事件，事到如今才发现，上亿年的轮回，这居然是星球的规律！

不可逃脱，无法避免，就如日升日落，潮涨潮退，地球物种的毁灭，不存在什么偶然，这只是星球的规律。

沈勉的脑海中一团乱麻，他必须要把思路清理一遍："养料就是石油，果实就是塑料。石油确实是制造塑料的原料，这没有错。"

但是，这个因果链条中缺少了一环。

沈勉抬起头，不解地问道："但是，如果没有人类的工业，纯粹依靠自然界的演变，石油永远不可能变成塑料，难道不是吗？"

收割者缓缓抬起手，这一次，他指了指沈勉：

"汝等，就是自然界，将养料变为果实的一环。"

原来，在破坏神的眼里，世间万物皆为刍狗。这样的事已经不会再让沈勉感到惊讶了。

"那没有人类的远古时代呢？如果没有人类，石油永远不会变成塑料，难道不是吗？"

收割者摇了摇头："星球果实的内在机理，似乎存在着复数以上的道路。我们曾经见过吞吃石油、生长出果实的生物。我们并不关心制造的机理，我们只是来收获星球的果实。"

沈勉不可置信地看着收割者，说："所以，你们要的只是果实？"

"对，吾等只是来收获果实。"

"几亿年来，你们从未关心过果实的生产媒介？"

"没有。"收割者毫不掩饰地说，"根据吾等的经验，只要等待足够的时间，星球上总是会产生果实，无一例外。"

沈勉大叫道："这不合理！"他顿了顿，似乎在思考什么，却又什么都说不出，只是一遍又一遍地重复着，"这不合理！根本不合理！"

"哪里不合理？"

"你们等待几亿年，不觉得效率太低了吗？以你们的科技实力，难道不能自己制造塑料吗？"

"我们所处的时空维度是不同的，对时间的感受不一样。"收割者耐心地解释道，"而且，虽然我们能够制造塑料，但仍旧需要有机物作为养料。而星球上的有机生命，既是制造果实的工具，也是制造养料的来源。这正是大自然的美妙之处啊！"

收割者微微转过头，凝视着窗外的阳光，动情地说道：

"你不觉得很美吗？就在这样一颗小小的球体上，有机生物自我繁衍，自我增殖。死亡的生物也不会被浪费，残骸都会成为其他生命的养料。即便被埋入地底，也会自动进入下一个轮回，滋养下世代的成长。"

这似乎是他的脸上第一次展露出情感：

"在一次又一次的轮回中，只有果实被源源不断地提取和产出。这是一个达成了精妙平衡的自循环系统，除了恒星的照耀，简直就如同一台永动机！那么的美妙，那么的不可思议！这是我们科学家的艺术杰作啊！"

沈勉感到自己几乎呼吸不过来。

"对你们来说，地球到底是什么？！"

收割者平静地看着沈勉，似乎不明白他愤怒的缘由。他还是用那种波澜不惊的语气，缓缓地说道：

"星球，当然就是种植果实的农场。"

沈勉终于明白了一切的逻辑。

他不禁觉得好笑，人类想象过各种各样的外星人，但无论哪一种假想，人类都以为，双方会在同一个层面交流与互动。但事实是，人类远没有自己以为的那么重要。

这一刻，他只觉得世间一切都如此荒谬，一切都毫无意义。

"那么，"沈勉努力地集中起头脑中仅剩的一点点理智，挤出全身的力气问道，"你们能够不毁灭我们吗？"

收割者说："有另外39亿6000万的声音提出了相同的问题。吾等已经说过，并没有要攻击你们，吾等只是来摘取果实而已。"

沈勉看到了一丝希望的曙光，拼命想要伸手抓住：

"如果，我们提供星球上所有的塑料制品，你们是否能就此离开，不要伤害到我们的生命？"

收割者回答："有另外24亿9000万的声音提出了同样的提议。吾等并没有要攻击你们，但是，吾等需要有机养料，来滋养下一轮的果实。"

沈勉明白了，地球的石油已经接近枯竭，只有像白垩纪那样，再来一次大规模的生物灭绝，才能重新增加石油的储量。收割者并不在乎人类的存亡，他们在意的只有从石油到塑料的生产过程而已。

沈勉看到了桌上的培养皿，他突然想到了什么，上前一步，大声说道："我们人类能够自行制造石油！不需要物种灭绝，我们能够大规模生产石油，继而大规模生产塑料！只要给我们足够的时间，你们下一次到访的时候，我们一定会准备好大量的塑料，足够你们收割！"

"所以，"沈勉哀求道，"请停止沉没大陆的举动，请停止毁灭生命的行为。我们一定会提供足够的果实！"

尾　声

收割者和平地离开了，甚至连那些进入光环的探索者，也悉数回到了地面。焦田斐回到了公司，但是他完全失去了进入光环之后的记忆，也根本不记得成为了代言人的事情。

沈勉和华疆成为了拯救人类的英雄。可再生石油的技术被分享到世界各个国家，投入到全球各个角落，各个民族的人们都日夜赶工地开始生产石油和塑料，为了等待收割者的下一次光临。

在网络上也有一些论调，有些人拒绝接受这种奴隶般的生存方式，倡议对收割者展开武力反击。但是这种想法遭到了压倒性的反对。毕竟，对方展现出的科技实力太过骇人听闻，贸然攻击只能自取灭亡。如果想要毁灭人类，就像把培养皿里的细菌用纸巾擦掉一样容易，根本不存在对抗，根本不会发生战争。

而沈勉也丝毫无暇顾及这些乱七八糟的想法，他的全部精力都投入到了可再生石油的进一步研究当中。为了提高效率，为了增加"造油菌"的繁殖速度，还有很多难关等着被攻克。

夕阳西下，沈勉在落日的余晖中，凝视着培养皿，突然觉得这些小生命真是造物主最好的馈赠。他不由自主地，双手合十到胸前，默默地祷告着……

感谢赐予我们世间的万物，让我们供养自己的生命。

感谢赐予我们制造石油的生灵，感谢它们，奉献自己的生命，存续人类的文明。

地球史的见证者

丙等星

　　很多人都知道，现代社会已经离不开石油；但很多人又未能了解，我们对石油的依赖，究竟达到了什么样的程度。

　　事实上，我们日常生活中能够看到的日用品，至少95%以上都在某种程度上依赖于石油。就比如说大家正在阅读的这本书，书的封皮与油墨都来自石油制品，而印刷书本时所使用的能源，多半也可以追溯到石油。我们可以很有把握地说，现代社会的每一个人，都在以某种形式使用石油。比如说，当小婴儿诞生之始，接触到的第一样物品，也是由石油提炼而成——那就是医生手上的塑胶手套。

　　这种黑漆漆、黏糊糊的东西，已经成为现代社会的基石。

一

　　人类最早使用石油的记录已无从考证，在波斯、中国等诸多文明古国，在千年前就出现了使用石油的痕迹。即便在工业化尚未出现的年代，煤油灯也为人类提供了简单易用的照明体系。可别小看这小小的火苗，它将人类的工作时间从白天延伸到了夜晚，相当于成倍提高了劳动时间、增加了劳动产量。我们如今学到的诸多知识、阅读的诸多古籍，都是先人们在白天的农务劳动之后，夜晚坐在煤油灯下，一个字一个字编纂出来的历史结晶。而当内燃机被发明出来之后，人类正式步入工业化时代，我们种族的历史彻底改写。石油的开采速度，与人类的工业化进程，几乎可说是齐头并进。

对于工业化初期的人类，石油精灵可以说是慷慨之至。19世纪中期，人类刚刚意识到这种能源的价值，却并没有如今这样先进的勘探和采集技术。那时候的石油行业，充斥着小作坊式的"野蛮操作"：一群并不专业的开荒者们，在可能的产油区到处钻洞，运气好的话，地下十几米处就有可能渗出原油。这种开采方式，利用的是地层自身的天然压力，就像在装满水的袋子表面钻一个小孔，就能把储存其中的液体给"挤"出来。

以现代的技术标准来看，这种开采方式当然是效率很低的。当地底压力下降到一定程度，原油就不会再继续流出。这个时候就要进行二次采油，工程师们会往油层中注水，利用水的压力把更多的原油"顶"出来。而现代化的油田，还会采用更加高级的技术，比如我国著名的大庆油田，能够在此之上进行三次、四次采油。

与此同时，越来越先进的开采技术，越来越广泛的石油需求，当然也意味着地球上的石油储量正以惊人的速度被消耗。据2019年的统计，全世界的石油产量已经接近了每天1亿桶的水平。也许这个数字太大，反而让人缺乏直观的感受。那么让我们来做一个对比——北京著名的"水立方"建筑，它的长宽高分别是177米×177米×30米。如果我们用水立方来储存全世界每分每秒正在开采出来的石油，那么只需要不到1.5个小时，就能够把水立方完全填满。

二

如此巨量的石油，当然不是凭空而来。事实上，地质学家们通过研究石油、探索石油的生成过程，可以在一定程度上了解我们地球的演变历程——

在《星球收割者》这篇小说中，爷爷曾说，恐龙灭绝产生了石油。不得不指出，这种说法并不准确。石油虽然来自有机生物的残骸，但是大家回想一下，平时看到的小猫小狗、花花草草，在死亡之后并不会变成石油，只会随着细菌的分解而逐渐消失。只有数以万计的有机物残骸，同时掩埋到一起，并且在特定的高温、高压之下，才能逐渐演变为石油。在我们的日常生活中，这种极端情况几乎不可能出现。

所以说，石油的产生，并不是一个随处可见的普通现象，而是依赖于极为特殊的外部环境。在小说中，作者描绘了"收割者"这样一种高等文明，对整个行星表面进行大规模清洗，由此才能达到石油生成的条件。但是，小说毕竟是虚构的，实际上，石油又是如何产生的呢？

有一个被广泛接受的学说，认为大规模的油田，其实来自海洋。读者们也许听说过"富营养"这个词吧，它指的是水域中氮、磷物质过于富集，使得藻类等浮游生物大量繁殖，整个水域变得像是绿色的糨糊一样浑浊。我国的太湖等湖泊，已经饱受这种污染现象的困扰。浮游生物将水体中的氧气消耗殆尽，造成水域中的动植物大量死亡，甚至彻底绝迹。在极端情况下，就连好氧性的微生物也难以生存，所以这些浮游生物的尸体不会被轻易分解，反而沉积到水底，如淤泥般一层一层地堆积起来。经过斗转星移、岁月流转，这些生物残骸越积越多，积聚成为厚重的有机软泥。而这，就是产生石油的温床。

读到这里，聪明的读者也许已经发现了，如今世界上著名的石油产地，比如沙特阿拉伯、伊朗等中东地区，很多都是气候炎热的沙漠地带。这不是与我们刚刚提到的学说互相矛盾吗？但是不要忘了，地球上的大陆版图，并不总是恒定不变。在侏罗纪时期，中东地区并非陆地，而是位于一处被称为"特提斯洋"（Tethys Ocean）的古代海洋。经过时光变迁、大陆漂移，我们才能看到如今的陆地。

有趣的是，在20世纪中叶，正是因为对中东地区的大规模石油勘探，那些由石油公司聘请而来的地质学家们，恰巧发现了古代海洋的诸多证据，这也可以说是意外的惊喜了。

三

　　由此可见，研究石油，正是研究地球本身。而石油能够告诉我们的故事，甚至还要更多更多。

　　其实，石油、构成石油的原始生物，甚至包括我们自己，都有一个共同的联系因素，那就是碳元素。据不完全统计，至少有一兆吨的碳原子储存于地球上的有机生命体内。有机生物呼出二氧化碳，空气中的二氧化碳被树叶吸收，然后树叶被食草类动物食用，食草类动物又被食肉类动物所捕食，死后的生物又被分解……无论经历怎样的过程，碳元素在地球表面都能实现100％的碳循环。

　　然而，碳看似被禁锢在这个完美的闭环之中，它却可以极大地改变地球的自然风貌。当空气中的二氧化碳浓度升高，吸收热辐射的能力变强，就会产生著名的"温室效应"。事实上，纵观地球史，温室效应并非什么新鲜的事情。在恐龙生存的侏罗纪时期，大气中的二氧化碳浓度是如今的4倍，地表温度也比现在高3~4℃；而到了白垩纪中期，平均气温甚至要比现在高10℃，整个地球表面甚至可能找不到任何的冰块。

　　有科学家认为，地球温室效应加剧，也会造成整片海洋的富营养现象。生态平衡彻底倾斜，即便是一望无际的大海，也依然会出现大规模缺氧，导致生物的集体灭亡。而当大量生物死去之后，二氧化碳的排放量随之出现断崖式下落，温室效应被逆转，地球开始冷却；当温度降到一个阈值，生命又渐渐复苏，开始新一轮的循环……

由此可见，地球也有自己的"春夏秋冬"，只是时间跨度长达千万年之久。

但是，必须要指出，全球气候是一个大规模的混沌系统，由于影响因子过多，且互相纠缠在一起，使得系统整体表现出了巨大的不确定性及不可预测性。我们刚才给出的学术假说，只能解释"二氧化碳"这一个特定变量的影响。但这个变量是否能够决定整个星球的命运呢？说实话，我们并不能确定。如果这个学说成立，那么不管有没有人类，地球温室效应都是一种不可避免的循环机制。只是工业气体的大规模排放，将这个进程的速度提高了百倍、千倍。

毫无疑问，地球温度的大规模变化，对于地球生命来说是灭顶之灾，但对于地球自身，则是无关痛痒的。无论是过冷还是过热，地球依然存在，只是静静地等待新一轮循环。地球就像一个精密的自平衡系统，无论天平向哪一方倾斜，它都有能力进行自我调节。以上这种特质，正是《星球收割者》这部小说的灵感来源——地球这个庞大而神奇的体系，难道不正像是某种精密设计的产物吗？

当然，从科学的角度，我们绝不会去鼓励那些无迹可寻的超自然假说。但是，也希望读者们能够明白，这个世界充满了太多的未知，即便是最前沿的科学，也只是基于现有证据的"假说"。无论是恐龙灭绝，还是本文中提到的各种学术理论，在未来都有可能被推翻。正如古时候，人们将"天圆地方"视作常识，因为在人类的视野里，世界就是如此的面貌。可是现实比想象更离奇，我们所生存的世界，竟是一个悬于无尽虚空的圆球。

爱因斯坦曾说："当知识之圆不断扩大，未知的边界亦会同样增加。"（As our circle of knowledge expands, so does the circumference of darkness surrounding it.）

所知愈多却愈觉无知。这是科学的严肃之处，也是宇宙的宏伟之处。

巨虫星的绿树林 ▪ 陆杨 ▪

巨虫星的绿树林

"我们不能去那颗星球，宇航图中并没有标注它。"在太空飞船里，江晓南研究了一阵虚拟宇航图后，大声说道。

"你的意思是，这是一颗凭空出现的星球？"船长胡尔勒摸着自己下巴上的胡子，脸上明显写着"难以置信"四个字。

"对，正像地球上那些突然出现的海岛，这颗星球太诡异了，它并不属于目前已知的诺森恒星系。"江晓南解释道。

"也许它只是一个闯入者，碰巧进入到了诺森星系的轨道呢？"机械师毛姆推测道。

"一颗星球要被恒星的引力俘获，并运行在固定轨道上，可不是一朝一夕的事。我查了去年最新版本的电子宇航图，我们现在所在的位置，从来就没有出现过这颗未知星球。它应该是最近几个月才出现的天体。"江晓南的语气中透着不安。

江晓南作为星际探险船的导航员，和船长胡尔勒、副船长加德纳、机械师毛姆、生物学家赫塞、保卫队长迪克在太空船上共同生活了一年多，他们去过很多不可思议的行星，也采集了大量的外星岩石和土壤，却从来没有涉足过宇航图上没有标识的星球。难道这颗行星之前被星际探险家和天文学家忽视了？还是说它之前根本没有存在过？

"我们必须去那里！"一直沉默不语的外星生物专家、女博士赫塞从座椅上猛地站了起来。因为太空船有人工重力系统，所以人在船上并不会像过去的宇航员那样，在太空舱内飘来飘去。

"赫塞博士，那颗星球有问题！"江晓南大声重复着这句话。

"有什么问题？"赫塞在一部仪器上快速敲击了一下，空中立刻投射出了这颗星球的全息影像，画面中很多数字和符号在不断变换，显示着星球的各项基本数据。

紧接着，主控舱室的同步场景显示系统被启动，众人周围立刻呈现出逼真的动态场景画面。原来，刚才小型探测器已经被发射到未知星球上，这是通过它传输回来的即时画面。

"看到没有，那里的丛林多么茂密啊，还有广阔的山川和美丽的花草，它是目前人类最理想的迁居地。按照这颗星球的大小，可以将数十亿人移民到这里，这样也能缓解其他迁居星球的压力。"

赫塞停顿了一会儿，接着说："你们应该知道，火星与月球的迁居地人口已经饱和，而我们在其他小行星上建的小型基地没法养活太多人。"

"关键我们的人口数量还在不断上升！"机械师毛姆沮丧地说，"各个行星迁居地都快被人类给撑破了！"

胡尔勒将目光投向不远处的迪克，大声问："迪克，说说你的看法，我们是继续在宇宙中寻找新大陆，还是前往这颗未知星球？"

"我没意见，能保证大家的安全就行。"迪克说。

"船长，我们飞了一年多，能源和食物都剩余不多了，这颗星球也许能给我们必要的补给。"加德纳说。

"你们难道没有发现，这颗星球上看不到一只活着的动物吗？"江晓南的语气中充满了怀疑。

"没准儿那些外星动物都躲起来了，你也知道，无人探测器虽然发出的声音不大，可对于外星动物来说，也是挺大的威胁。"赫塞说。

"别再争了，只要我们抵达那颗星球的表面，就能搞清楚那里到底是生命的伊甸园，还是可怕的绿色地狱了。"胡尔勒眼神坚定地说。

于是，胡尔勒将太空船调整为自动巡航模式，然后带领着一行人乘坐小型登陆飞船向未知星球飞去。

十多分钟后，飞船停在了未知星球丛林附近的空地上，宇航员们从飞船中陆续走出来。之前，无人探测器已经测试过星球的大气成分，这里的空气完全符合人类呼吸的标准。所以，大家都没有穿太空服，而是穿着紧身的野外作业服。

"真是太神奇了，这里就像另一个地球！"加德纳深深吸了一口气，大笑道。

"你们看看远处的丛林，还有那些河流，还有周围的植物，这里将会是人类文明的新家园。"赫塞开心地说着，语调轻快得就像唱歌一样。

只有江晓南仍然一副闷闷不乐的样子。

"难道你不喜欢这儿的美丽景色吗？"毛姆用胳膊肘捅了捅江晓南，嬉皮笑脸地说，"你不会觉得这一切都是海市蜃楼吧？"

"我总觉得不对劲……太安静了……"

"是你太焦虑了！"走在前面的迪克挥了挥手中的长枪，咧嘴笑道，"如果有什么丑陋的外星人敢钻出来放肆，这把枪可是不长眼的！"

几个人走着走着，不知不觉来到了丛林深处。

就在这时，他们看到了一簇低矮的灌木丛，上面结满了鲜艳娇嫩的果子。

"看上去很好吃的样子。"胡尔勒走到灌木丛前，弯下腰好奇地打量着那些果子。

他伸手要摘果子时，江晓南在他身后大叫："别动！"

可是一切都晚了，胡尔勒已经从植物上摘下了一颗果子。

就在下一秒，他们脚下的大地剧烈抖动起来，无数蟒蛇般的藤条在半空中快速飞舞着。

眨眼工夫，胡尔勒就被这些藤条缠绕起来，悬吊在半空，而另外几个人还没反应过来是怎么回事，就被藤条给捆绑成了大粽子。

只有一直躲在一旁的江晓南逃过一劫。

"救命啊……"

"我的枪掉了……"

这时，江晓南看到了触目惊心的画面，那些树木全都站了起来。

它们像是被放大了几千万倍的巨型竹节虫一般，而那些藤条就是长在它们身上的触手。很快，那些触手将胡尔勒、加德纳、赫塞、迪克、毛姆塞进了一个个黑漆漆的树洞里。

江晓南惊恐地发现，那些树洞就是巨型竹节虫的嘴巴。他茫然地环顾四周，看到周围的植物全都动了起来。

而此时，同伴们的呼救声却越来越弱，直到消失在空气中。

江晓南扭过头一路狂奔，逃出了这片可怕的丛林。

我该怎么离开这里？正当江晓南绝望地想着，他突然看见了停在空地上的登陆艇。于是，他拔腿跑进艇中，飞快地按动了启动按钮。

在他身后，有许多巨大的虫子正在快速靠近。

原来宇航员们抵达的这颗星球，本身就是一只无比巨大的宇宙虫子，它在宇宙中不停地游弋，寻找那些有生命的星球。

而这颗星球表面的绿色丛林，其实是寄生在星球表皮的巨型寄生虫，它们拥有强大的拟态能力，才让宇航员们误认为和地球上的植被类似。

此时，这颗巨虫星正因为人类的造访而无比兴奋，它移动着硕大的身体，试图追上江晓南的登陆飞船。

"糟糕，不能让它跟着我……"江晓南强烈地感觉到，这只宇宙巨虫来者不善。刚一登上母舰，他便拨打了航空航天局格雷教授的电话。

格雷教授沉吟了半晌："看来人类遇到了强劲的对手，也许……我们是时候该思考一下，之前的疯狂扩张给人类带来的恶果了……"

寻找系外行星

汪诘

从20世纪50年代开始，寻找太阳系以外的行星就成为了最令人着迷的一项观测活动，因为这个活动的意义不言而喻。既然太阳系有那么多的行星，那么别的恒星系也应当有很多行星才对。行星是外星生命存在的必要条件，但问题是证据在哪里呢？没有证据，哪怕逻辑上再正确，也没法拿到台面上来说事。于是，整个学界乃至所有科普迷、天文迷都迫切希望天文学家能早日拿出系外行星存在的证据，谁要是第一个搞定，那他一定会引起轰动。

但是，以当时的天文望远镜技术，想要直接"看"到系外行星是几乎不可能的。你可能感到有点疑惑，真的有那么难吗？在一些科幻电影里面似乎很容易，满宇宙都是各种形状的天体。就算我们现在不能像《星际迷航》中一样开着宇宙飞船满宇宙地观光，我们拿望远镜看还看不到吗？是的，结果的确是完全看不到。

天狼星是夜空中最亮的几颗恒星之一，非常好辨认。我们在地面上用大口径的光学望远镜对准它，拍摄出来的照片像是一只发光的大刺猬。不过你千万不要认为天狼星真实的形状也像刺猬一样，这是由于地球大气扭曲了光线，就好像你从水下看地面上的景物一样，并且在天文摄影时需要长时间曝光，而地球又在自转，因此拍出来的照片就成了一只"大刺猬"。真实的情况是，你在那个刺猬状的光团上用针刺一下，刺出来的那个小洞差不多就是恒星的实际大小。而这只发光刺猬旁边有一个小亮点，很像一颗行星，人们还发现它大概40年绕天狼星转一圈。其实，如果做一些简单的计算就会发现，这个小亮点至少像太阳一样明亮，它距离天狼星有好几光年之遥，这说明它也是一颗恒星，并且是天狼星的一颗"伴星"，它们互相围绕着旋转。

如果天狼星的边上有一颗不发光的行星，那么它在望远镜中的亮度必然要暗淡至一万分之一。但真正麻烦的并不是行星太暗，而是它与恒星的亮度对比，使行星完全隐没在天狼星散发出的那个刺猬状的光团中。所以，想要找到系外行星，靠直接观测是不太靠谱的，必须要想一些"奇门招数"，从而间接观测到系外行星。

天文学家想到了一个非常巧妙的方法，他们把这个方法称为"天体测量法"。要理解这个方法的原理，我必须先给大家普及一点基本的物理知识。当一颗行星绕着恒星公转，粗略地看，是恒星不动，行星绕着转。实际上根据牛顿力学我们可以推算出，恒星和行星其实是围绕着它们的共同质心（质量中心）旋转。但行星的质量相较恒星来说往往非常小，比如我们地球的质量只有太阳的33万分之一，地日的质心位于太阳内部，因此，尽管摆动幅度非常小，但从理论上来说，恒星是在"抖动"的。换句话说，如果我们观测到宇宙中的某颗恒星是在有规律地抖动，那么，除了有一颗行星在围绕着它旋转以外，找不出第二个合理的解释。

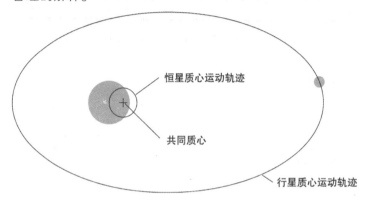

但这绝对是一件知易行难的事，说说是容易的，真想要观察到恒星的抖动，那可真叫一个难。要知道，我们的地球不但在自转，还在公转，也就是说我们放在地面上的望远镜相对于恒星来说，本身就是在不停地运动。在这种情况下我们要观测到恒星的抖动有多难，我打个比方你就知道了。你玩过儿童乐园里面的那种叫"咖啡杯"的游乐项目吗？你坐在一个大"咖啡杯"里面，而这个"咖啡杯"又放在一个大圆盘上，游戏开始后，整个大圆盘就会转动起来，不但大圆盘转动起来，"咖啡杯"本身也开始自转，这个情况就跟我们地球的状况是一样的。此时，你的任务是坐在"咖啡杯"里面观察远在几千米外的一盏小小的灯泡发出的微弱灯光，并且要能够观测出这个小灯泡在1毫米内的轻微抖动。就算是有人向你宣布他成功做到了，恐怕你也不会轻易相信。

但是，总会有第一个吃螃蟹的人，到了20世纪50年代晚期，第一个声称找到系外行星的人出现了，他叫彼得·范德坎普，来自美国费城附近一个叫斯沃斯莫尔的小镇上的斯沃斯莫尔学院。彼得声称发现了一颗绕着巴纳德星公转的行星，因为他看到了这颗恒星在有规律地抖动，由此证明这颗恒星边上有一颗行星。但基于我前面阐述过的理由，相信彼得的人并不多，不过也没法证明他是错的。

虽然难度很高，但不管怎么说，天体测量法是个了不起的主意，它第一次打开了天文学家的思路，找到了间接观测行星的方法，并且它还奠定了以后寻找系外行星的各种方法的基础。如果你想了解更多，可以看看《亿万年的孤独》这本书，相信你可以在里面找到更多有趣的知识。

火星尘暴

▪ 苏学军 ▪

火星尘暴

前言

火星直径为地球的53%，体积为15%，质量为10.8%，重力为38%。火星大气由95%的二氧化碳、3%的氮、1%~2%的氩、1.1%的氧，还有少量一氧化碳、水蒸气、氢和臭氧等组成。冬季最低温度为零下120摄氏度，夏季赤道最高温度为20摄氏度，平均温度为零下60摄氏度。

火星与地球的最近距离只有4300万千米，它的大气和地表环境比起太阳系内的其他行星，也更接近于人类适宜的居住条件。

在遥远的将来，它必将成为人类的另一个家乡。在这场伟大的事业中，也将会有无数人前仆后继地为此付出青春和生命。

一、风暴前夕

火星漫游车沿山脊艰难地爬着，终于来到了山顶。

秦林长长地舒了口气。额头上因紧张渗满了冷汗，他习惯性地抬手去擦，却被头上的透明面罩挡住了。他感到自己的心跳在加速，呼吸也有些困难。火星地表和山顶的含氧量相差悬殊，由于宇航服的供氧系统未能及时调节，使他产生了轻度的高山缺氧反应。

秦林走下火星漫游车，笨重的宇航服使他看上去像只摇摆的企鹅。他站在山顶上向考察站的方向望去。

长城火星考察站就坐落于山脚下的平原上，它背靠着连绵磅礴的山脉，每年南下的季风对它的影响极小。考察站面前是一条干涸的巨大河床。目睹极其辽阔的两岸，不难想象，亿万年前那里曾奔流着汹涌的河水。

尽管距离遥远，秦林仍能分辨出考察站的轮廓。那个最大的圆筒状建筑是考察站的居住舱兼实验室，三角状耸立的是与其他考察站联络用的小型飞船，居住舱旁边一个像甲虫的透明物体是他们的充气温室。

秦林的目光掠过考察站，向着更广阔的火星大地望去。火星土壤富含红色的氧化铁，整个火星世界一片火红，红的山峰、红的平原、红的大气……

多少天来，秦林一直试图登上这座山峰。作为生物学家，他最大的愿望就是在火星上找到生命，只要是生命，哪怕是最简单最原始的单细胞生物也好。但是抵达火星的半年来，他跑遍了附近的平原，连一丝有机化合物的痕迹也未发现。于是，他把目光投向了这座山峰。然而这座山峰像一道封闭着火星秘密的巨门，挡住了他的去路。火星初期剧烈的地壳运动造就了地球所无法比拟的陡峭山峰，经过十多次尝试，秦林才找到入山的捷径，曲折地登上峰顶。这是目前考察站人员活动的最远距离。

秦林扭回头，迷蒙的红光中，无数峰峦和峡谷若隐若现。那些山峰和峡谷自火星形成之始便横亘在那里，已经沉寂了数十亿年。人类的足迹还从未踏上过这片未知的土地。

秦林的心中涌起一阵莫名的激动，他将只身一人深入火星的腹地，去探寻这个星球的隐秘。

秦林重新启动了火星漫游车，八只看上去极为脆弱的机械腿缓缓地移动着，向山脉深处爬去。他并没有看到，火星的天际正渐渐腾起一片黄色的迷雾。

接收到火星近地监测卫星发出的紧急风暴警报时，刘扬简直啼笑皆非。仅仅一分钟前，计算机刚刚消化完早晨的一堆气象数据，慢吞吞地吐出一个截然相反的结果：迈林河谷的区域性尘暴将维持原有规模，并于傍晚时分逐渐消散。而刘扬手中的那张卫星云图上，那场尘暴已经在计算机费脑筋的时候，迅速扩大了一百倍，正在演化成一场全球性的大规模火星尘暴。

刘扬不禁感到，虽然人类登上了火星，但还仅仅是个客人，离真正拥有火星的那一天还非常遥远。人类对火星的了解非常少，就说火星尘暴这一特殊的气象吧，每年火星都要暴发数百次区域性尘暴，其中两三次还会演化成全球性的，届时，从火星地表到七八十千米的高空，将全部被尘埃笼罩。到目前为止，人类还不知道尘暴产生的原

因，更无从对其做出准确预测。

透过舷窗，刘扬的目光划过弯曲的河床，向平原的地平线望去。由于观察点地势较低，他看不到正滚滚而来的大黄云，于是刘扬打开了气象监测系统。长城考察站是距迈林河谷最近的人类考察站，几乎就处在尘暴中心，理所当然就成了观测此次尘暴的前沿哨所。也许这一次能解开这个自然之谜呢。

他又接通了无线电通信机。

沙沙的电流声后，传来了王雷低沉的声音："我是王雷，有什么情况？"他正在维护充气温室旁的太阳能电池板。

"太阳能电池板的工作情况怎么样？"

"基本正常，就是随动电机有些腐蚀。"

"修复后马上回来，大规模的火星尘暴将在两小时后抵达这里，顺便再检查一下温室的密封情况——叶桦，你的情况怎样？"

"就快好了，我马上回来。"一个柔和的女声轻轻回答。

"秦林，你在哪儿？"

刘扬没有得到回答。

"他不是又去找他的火星虫去了吗？"王雷说道，"应该就在附近。"

"他对我说，这次走得要远一些。"叶桦怯怯地说，"他可能上山去了。"

"这个火星怪物，又搞什么鬼？"王雷嘟囔道。

刘扬升起周视潜望镜，视野里没有秦林的陆地车，只有两道车轮印远远地伸向山脚。他有些焦虑，一遍遍地在通信机中呼叫秦林，却总也得不到回答。

右侧是高达数千米的险峰，左边是深不可测的裂谷。火星漫游车正倾斜着沿一道缓坡慢慢地向裂谷中爬行。

漫游车每动作一下，秦林的额头都会渗出一片冷汗。他紧张地操纵后机械腿死死抱住岩壁，探出四条前腿去够前方一块突兀的岩石。机械腿已经伸到了最大限度，但仍距那岩石两厘米左右。

火星车像一只八爪蜘蛛倒挂在大裂谷笔直的绝壁上，进退维谷。秦林握操纵杆的手紧张得僵硬了。"该死的两厘米。"他咬了咬牙，猛地拉下操纵杆。后机械腿松开了岩石，并向前弹起，前机械腿同时动作，终于抓住了前面的岩石。这是生与死的一次跳跃。

一条机械腿成功地抓住了那块岩石，但火星车巨大的重量使它脆弱的合金骨架瞬间断裂了。在火星车向裂谷倾覆的一刹那，其他三条机械腿及时跟上，牢牢抓住了岩石。

火星车在下落中猛地一震，停住了。秦林重重地撞在火星车的钢架上，却未发觉背后的通信装置也在基地发出信号前的一刻损坏了。

秦林松了口气，继续驾驶漫游车向峡谷深处驶去。他并不知道，危险正悄然临近。

天边的大黄云已经变成一片铺天盖地的沙雾，笼罩了整个天空。窗外的景物一片模糊，河床、平原、山脉都淹没在滚滚红沙中。密集的沙粒、小砾石不断敲打着玻璃窗，搅得人心情烦躁。

叶桦不厌其烦地一遍遍呼叫着秦林。

王雷焦急地在地板上走来走去。"该死的火星怪物，总不会在山里定居了吧，再不回来，他会找不到回基地的路的。"他口中嘟囔着，"不行，我得去找他，不然他会出事的。"

"你不能去，外面很危险。"叶桦皱眉说道。

"我们总不能让秦林在外迷路，找不到家吧？"平日，王雷常常对秦林的一举一动看不惯，甚至认为秦林到考察站以来，除了每天消耗一千克蔬菜、五百克肉以及宝贵的氧气和水之外，别无长处，并称他为火星怪物。但是，危急时刻，最担心秦林的也是王雷。

"再等一等。"

一直保持沉默的站长刘扬缓缓说道。他的眼中也透着焦虑，但是作为站长，他必须保持沉着冷静。

火星裂谷底部沟壑纵横，遍布着从山顶滚落的红色岩石。裂谷两岸拔地而起的峭壁把天空挤成窄窄的一条缝，火红的阳光从那里投射下来，但到达峡谷底时光线就变得非常微弱了。

火星漫游车停在一块巨石旁，秦林正拿着放大镜埋头寻找感兴趣的东西，他的脸几乎贴到了石壁上。

忽然，他感到峡谷中的光线暗下来，好像照耀世界的那盏电灯熄灭了一样。

秦林抬起头，仰望天空。只见狂风掠过，一片浓重的沙云迅速爬上苍穹，遮住了阳光，天空变成了阴沉忧郁的暗红色。秦林顿时感到情况不对，看样子马上将有一场灾难降临，因为他认出那是火星大尘暴的前兆。他必须在尘暴到来前返回考察站，否则他会在这次尘暴中永远被埋葬在火星的大地上。

然而当他低下头时，目光扫过左前方的一面绝壁，他看到了他一直魂牵梦萦的东西。

那东西形状圆润，泛着淡淡的红色光晕。它从岩缝中探出，在空中亭亭玉立，像一个久违的火星少女，静静凝望着秦林。

秦林死死盯着那东西，眼睛也不敢眨一下，生怕它从眼前消失。他的心迷醉了，尘暴的危险已被抛到九霄云外。

绝壁像一道天造的墙壁，笔直而光滑，漫游车不可能爬上去。秦林背起登山绳索，他决定独自攀上峭壁。

岩壁上锈迹斑驳，被氧化铁腐蚀得坑坑洼洼，秦林可以借此攀援，但是，宇航服严重阻碍了他的行动，他随时有坠入深谷的可能。

攀上岩壁花了将近一个小时。秦林一手扒岩石，一手轻轻采下那物体。他着迷地端详着它，而此时，天空中已是一片飞沙走石，火星大气层变成了一锅沸腾的沙石粥。他失去了最后的逃生机会。

直到驾驶着火星漫游车走出裂谷时，秦林才真正意识到自己正面临着从未有过的危险。血红色的沙尘在周围弥漫，团团围裹着他，他的视界只有一步远，一步以外一片红色，几乎伸手不见五指。狂风以每秒近百米的速度掠过，吹得他站不住脚，这样的风速已远远超过地球上的十二级特大台风了。

他将漫游车接入自动驾驶状态，车内电脑的记忆芯片会引导漫游车按原路返回基地，然而事情并不是想象中的那样简单。在狂风肆虐、飞沙满天的恶劣天气中，火星漫游车举步维艰。它的一条机械腿在攀登火星裂谷时损坏了，能量也已耗去大半，天空黯淡无光，无法依靠太阳能来补充能量。

在尘暴中搏斗了近两个小时后，秦林终于重新回到了来时的那座山峰的峰顶。秦林几欲绝望的心中又燃起了生的希望，只要能下山，离基地就不远了。

宇航服的生命保障装置是通过收集火星大气中的氧气来为宇航员供氧的。火星大气的氧气含量不足地球的万分之四，在这样的风沙天气中，过滤装置严重堵塞，使秦林的呼吸非常困难。他立刻驱车冲向山下，他不想倒毙在家门口。

可他没想到，火星漫游车已不能再经受那么剧烈的颠簸了。一阵劲风从斜侧方袭来，漫游车失去了方向，两条机械腿在巨大的惯性中折断了，车体一头撞在一块岩石上。

轻合金的火星漫游车顿时彻底解体，金属部件四处飞散。

秦林被一股强大的力量抛入空中，又重重地摔回地面。幸而火星的重力只有地球的百分之三十八，否则秦林便要魂归地球了。他没法稳住身体，只得蜷成一团，抱住那个他几乎是用生命换来的火星生物，顺着惯性滚落下去。

滚到山脚时，秦林感到浑身剧痛，仿佛骨骼都被拆散了。他挣扎着站起身，狂风立刻又把他压回地面。他趴在地上，积蓄起最后的一点力量，慢慢向前爬去。他什么也看不见，只是凭着自己对考察站方位的感觉，执着地向前爬着，手中紧紧握着那装有火星生物的袋子。

渐渐地，他听到一种让人心悸的气体流动的咝咝声。他明白，宇航服破裂了，氧气正在泄漏。他急促地呼吸着，想把每一丝氧气都吸入肺中，但是他很快就感到窒息，他知道自己快死了，他不可能再爬回考察站了。

二、红色生命

秦林从昏迷中苏醒过来，蒙眬中一个纤细的身影在眼前晃动。他看清了，那是叶桦，她正在轻巧地为他输氧、注射药物。在这陌生、冰冷的星之彼岸，地球是如此遥远，也许只有异性同伴的关怀与温存才能使宇航员战胜长期的孤独。

叶桦也发现秦林醒过来了，她轻轻松了口气，转而对秦林嫣然一笑。

"一夜没见，睡得好吗？"叶桦平时喜欢和秦林开玩笑。

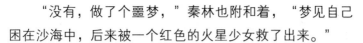

"没有，做了个噩梦，"秦林也附和着，"梦见自己困在沙海中，后来被一个红色的火星少女救了出来。"

叶桦不觉笑出了声："看，这就是救你的火星少女！"她指着床的另一侧，开心地说道。

秦林扭过头，看见刘扬和王雷站在自己身旁，他们也正关切地望着自己。两个人的宇航服上落满灰尘，显得污糟不堪。一定是他俩冒着生命危险，把自己从尘暴中救出来的。

刘扬和王雷的表情原本很严肃，却被叶桦的话逗笑了。

秦林知道自己擅自行动险些闯下大祸。

"没想到会给你们添这么多麻烦，我……"说到这里，秦林的眼睛忽然一亮，猛地抬起了头，"我随身的工具袋在哪儿？"

"在走廊的脏物柜里，我准备把它好好清洗……"

不等叶桦把话说完，秦林已经翻身跃起。在脏物柜里，他找到了那个皱巴巴的工具袋，并小心翼翼地捧起它，像演讲一般说道：

"众所周知，我们脚下的这个红色星球，它在形成初期，也曾和地球一样：大气层稠密，各种气体相互涌集，地表大部被液态水的海洋环绕着，陆地上火山运动频繁……"秦林不厌其烦地历数着每个宇航员都知道的知识，"只不过后来，因为火星偏离生命轨道，它的地壳活动衰减了，大部分液态水和大气层都流入外层空间，才变成了如今这个不毛之地。很多人认为火星上没有生命的存在。在他们眼中，生命是脆弱的，不堪一击的，但是我相信生命是宇宙间最坚强的东西，生命力是不可战胜的。为此我整整追寻了二十年，到今天，我终于找到了……"

秦林颤抖着打开工具袋，缓缓露出里面的东西，这是一株红色的火星蘑菇。它的菌冠圆润、饱满，虽然沾满了火星灰尘，却也不能遮盖其明艳的颜色。灯光下，它泛着一种火星所特有的迷蒙得像雾一般的红色。

叶桦不禁脱口叫道："火星生物？真难以相信！"

人类登上火星至今，科学家一直希望在火星上找到生命，以证明地球并非是宇宙中唯一的生命摇篮。他们苦苦寻找了整整二十年，却从未在火星表面发现任何生命的迹象。这朵火星蘑菇的出现，将改写火星的历史。

刘扬的眼睛一亮，激动地说道："这是在哪儿发现的？祝贺你，这是一个轰动世界的伟大发现！"

"真有你的，秦林，没想到这该死的不毛之地上真的有生物……"王雷也异常激动，他凑上前仔细端详着火星蘑菇，并伸手想去抚摸它。

"别碰它。"刘扬忽然说，"我们对这生物还一无所知，现在最好谨慎些。"

"它不过是种简单的低等植物，不会有什么危险的。"秦林若无其事地说道。

"看来是这样。不过以防万一，根据宇航局生物免疫条例第十二条……"

"我知道，我是名生物学家。"秦林的声音中显出不悦，他把火星蘑菇放入一只盛水的容器。

"在得到确切的化验结果或宇航局的允许前，我们不

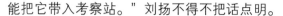

能把它带入考察站。"刘扬不得不把话点明。

"我以一个生物学家的名誉向你保证，它不会对我们构成任何伤害的。"笑容从秦林脸上消失了，他的表情严肃起来。

"我觉得站长说的有道理，也许它是有毒的，就像地球蘑菇的某些品种一样。"王雷说道。

"我又没有让你把它当作食物！"秦林责备王雷道，"难道再把它扔回裂谷去吗？"他不禁火冒三丈。

"我们可以把它封存起来，待风暴过后，送回地球研究。"刘扬说道。

"好吧。"秦林无奈地点点头。

经过一番争论，大家心中都有些不愉快。一整天，考察站内的气氛显得很冷清。

这一夜，考察站像一叶孤舟，在尘暴的怒涛中颠簸。风声凄厉地在耳畔呼啸，使人有种不祥的感觉。

翌日。

考察站的人员像往常一样按时起床，开始各自的工作。然而火星的黎明却未按时来临，外面仍然是一片灰暗。太阳早该升起来了，可漫天的尘雾却挡住了阳光。

刘扬整个早晨都在忙着整理气象仪收集的资料，当他正在与其他考察站例行联系时，通信机中突然传来王雷的声音："队长，我在温室，快来，出事了！"

"出什么事了？"

"你最好来看一下，我的天啊……"

王雷每天早晨都会外出例行检查考察站设备。难道尘暴毁坏了温室？不会，像这样的风力，温室完全可以抵御的。

从王雷的语气中，刘扬感到事情非常严重。他迅速换上宇航服，通过减压舱，来到室外。

狂风迎面扑来，他抓住栏杆才能稳住身体。视野里一片灰红，什么也看不清。他打开胸前的照明灯，顶着风沙，朝温室走去。

昏红的灯光从温室的透明穹顶上流溢出来，照亮了一小块天空。那透明穹顶是为了让室内蔬菜接受日照而特别设计的。

走入温室，刘扬也被眼前的景象惊呆了。在他的眼前，本该是一片绿油油、生长旺盛的菜地的，那是整个考察站人员维持生命的配给站，站内所有的食物和水源都在这里。而现在，绿色植物都不见了，取而代之的是一丛丛、一簇簇的火星蘑菇。它们生长得异常旺盛，圆滚滚的小脑袋相互拥挤着，占据了温室的每一寸土地。

"看来，以后几个月我们得靠吃蘑菇度日了。"王雷苦笑着说道。

刘扬蹲下身，在火星蘑菇间的缝隙中，找到了几片枯黄的菜叶，它们的水分都被蘑菇吸干了。这些蘑菇在一夜之间繁殖起来，杀死了所有的植物，独霸了温室。

刘扬突然想起了什么，他匆匆走到蓄水池旁。整个考察站的用水都是通过大功率交换器从空气中收集来的，然后存储在这蓄水池中，以供他们饮用和灌溉蔬菜。然而刘扬在那里也看到了一片红色的火星蘑菇。

"它吸干了我们所有的水。"刘扬的声音有些发抖。

秦林不知何时也来到了温室，面对密密麻麻的火星蘑菇，他同样大惊失色。

"是不是你把火星蘑菇私自种在温室中的？"刘扬冷冷地问。

秦林的脸一红，哑口无言。

长城考察站向整个火星发出了紧急求救信号，电波从集束天线射出，穿透重重尘沙，被火星近地轨道上的监视卫星接收，再转发给其他考察站。

不久，其他考察站纷纷传来电文，他们说愿意提供足够的水和蔬菜，但是有一个条件——必须等到尘暴结束后。这是因为在火星尘暴这样的恶劣天气中，运输飞船根本无法起飞；而用火星漫游车运送吧，离长城站最近的考察站也有两千千米，真是鞭长莫及。看来，他们只好依靠自己的力量来渡过难关了。

刘扬命令王雷把大气水分采集器的出水口直接引入生活舱。可是，水从采集口一滴一滴地落下，大家等了整整一天，也只得到一小杯水。如何靠每天这一小杯水来坚持两个月呢？他们的心全都凉透了。

秦林在生活舱内惶惶如过街之鼠，作为这场灾难的肇事者，他埋着头，不敢直视众人的目光。他只是手忙脚乱地摆弄着一堆化学试验用的瓶瓶罐罐。

他看见刘扬径直朝他走来，摇晃试管的手不觉开始发抖，一个不小心，试管从手上滑落了下去。

刘扬眼疾手快，在试管落地前将其接住，并递还给秦林。"火星蘑菇能够食用吗？"他问道。

秦林摇摇头："不行，它们吸收水分后，会把水分转化为一种凝胶物质，人类的消化系统无法从中还原出水。这是它们亿万年才进化出的生存本能，否则在火星这个大沙漠里，它们体内的水会被瞬间蒸发掉。"

"你是不是在实验如何从火星蘑菇中还原出水？"他没有责备秦林，而是轻声地问道。

"是……"秦林低声回答。

"好好干吧，大家全靠你了。"站长拍了拍他的肩膀。

秦林抬起头感激地看了看刘扬。他没想到，在自己接连出错之后，仍能得到大家的信任。

两天过去了。长城考察站的人们已尝到了饥渴的苦头，他们每天依靠一小杯水和压缩食品坚持着。

王雷呆呆地坐在椅子上，以往强壮的身体如今却很虚弱。每天分水时，他都把自己的份额悄悄倒进叶桦的杯子，而压缩食物又难以下咽。由于没有水清洁个人卫生，他的头发和胡子蓬乱不堪，像个野人。他不断用舌头舔着焦渴干裂的嘴唇，急躁的目光四处扫射着。

生活舱的角落里，秦林趴在实验台前，不断地调配、混合着各种化学药品。两天来，他昼夜不停地做着实验，眼睛已熬得通红。从他紧锁的眉头可以看出，实验仍无进展。

他又拿起一朵火星蘑菇，准备切成薄片，在显微镜下观察，但那蘑菇却被一只大手夺了过去。

"水……蘑菇……"王雷贪婪地盯着火星蘑菇，正欲吞食。

"它不能吃！"秦林冲上来，一掌将蘑菇打落在地。

"你别拦我！"王雷愤怒地抓住秦林的肩膀，扬起拳头。

"住手！"刘扬大喊道，上前拉开王雷。

"都是他干的好事！"王雷吼道。

"它真的不能吃。"秦林拾起地上的火星蘑菇，如梦呓般念叨着，"它们的链连接得太紧密了，简直是完美……我没办法打开那化学链，没法再把它还原成水……没办法……"他突然像个小孩一样哭起来。

火星蘑菇被他的手捏得粉碎，像一把火星尘土，纷纷扬扬撒落下来……

三、心灵的危机

第五天。

尘暴席卷整个火星地表，每秒二百米的狂风将数以亿吨的沙石抛入空中，从地面到大气层三十千米的高度上，到处弥漫着滚滚的红色尘粒。山川、平原……整个火星都被淹没在这巨大的风暴之中。

刘扬每天都在卷帙浩繁的气象资料中寻找风暴减弱的迹象，他知道，类似规模的尘暴最快也要两个月后才会平息，考察站的人是坚持不了这么长时间的。他只是在期待着奇迹的发生。

"采集器收集到的水越来越少了。"叶桦端着半杯橙黄色的水，对刘扬说道。

"嗯。"刘扬仍埋头看着气象资料，他无法面对叶桦那忧郁的目光。

"既然其他考察站不能送给养来，我想……能不能让我驾飞船去取。"

"不行，飞船根本无法在这样的天气中航行。"

"我计算过安全概率，是有可能成功的。"

"那样太危险了，我不允许……"

"待在这里更危险，我已经做好了准备，飞船随时可以起飞。"这是叶桦第一次打断站长的话，也是第一次违抗站长的命令。

叶桦的声音仍是那样柔弱，但那坚定的语气却让刘扬感到无法再说服她。刘扬清楚，飞船在尘暴中飞行，成功的概率就像期待尘暴提前平息一样渺茫。

他抬头望着叶桦，觉得这女孩苍白的脸庞分外美丽。

生活舱内一片寂静。

叶桦一件件穿着宇航服，突然发觉大家都在默默望着她，神色忧郁。她知道他们希望自己停下来，取消这次危险的航行，但是她不能。

准备工作都已做完，她面对着这些相处多年的同伴，鼻尖一阵酸楚。她努力做出了一个笑容："我会很快回来的，满载而归。"

"你真的要走吗？"刘扬问，声音低沉。

她点点头，笑容依旧。

"好！"刘扬突然大声说道，"大家来为我们的女士开个欢送会！"他的声音中又一次透出豪爽的男子气概，"我们以水代酒。"他取出采集口下的水杯，那一小杯水是考察站所有储备了。他将水平均倒在四个杯子中。

"来！为了我们的叶桦一路平安，为了早日摆脱这该死的旱灾，大家干杯！"他率先举起杯子。

王雷和秦林也端起杯子。

四只杯子碰在一起。

风萧萧兮易水寒，壮士一去兮不复还。

刘扬忽然想起那两句古诗。他猛地一仰头，一饮而尽，那水像泪一样苦涩。

叶桦一点点把水抿干，又缓缓将杯子放在桌上。"那么，我……走了。"她轻轻说，脸上还挂着笑容。

她拿起头盔，扭转身向减压舱走去。

就在她转过身的一刹那，始终沉默不语的王雷突然冲上来。

"不，你不能走。"他急促地说道。

刘扬知道，王雷很喜欢叶桦，但是作为宇航员，他们有着明确的纪律：禁止在考察期间谈情说爱。然而王雷同样无法说服叶桦。

沙砾猛烈敲打着透明面罩。运输飞船那庞大的船体在红色尘雾中若隐若现。

众人伫立在狂风中。叶桦一个人朝飞船走去，在进入船舱前，她转过身，向同伴们挥了挥手，露出迷人的微笑。

大地隐隐抖动起来，飞船启动了，发动机喷出橘红色的火焰。船体晃动着，却迟迟不见升空。众人的心悬起来，突然，巨大的轰鸣声排山倒海般传来，飞船缓缓离开了地面，向天空升去。

在上升到数十米的高度时，一阵劲风突然从右侧切过飞船，船体猛地向左倾斜了五度左右。飞船即将失控坠地之际，驾驶员的熟练技术起了决定作用。刘扬仿佛看到叶桦猛地拉下操纵杆，飞船纠正了航向，继续向汹涌狂啸的尘暴深处冲去。

飞船隐没在尘暴中不见了，最后连发动机的咆哮声也听不到了。

"我们回去吧。"刘扬说道。虽然起飞成功了，他仍然忧心忡忡，在火星尘暴中飞行毕竟是史无前例的。

三个人朝生活舱走去。

就在刘扬的手刚刚抓到生活舱舷梯时，一阵沉闷的爆炸声猛然从天边传来。他抬起头，一道刺目的闪光正在暗红的天空中绽开。

"叶桦！"王雷悲叫一声，踉跄着向闪光亮起的地方跑去。

那闪光像一朵花，瞬间开放，又瞬间凋谢了。

刘扬和秦林都惊呆了，站在原地不知所措。

王雷发疯地呼喊着叶桦的名字。他久久地向天空伸出双手，仿佛在等着叶桦回到他的怀抱……

　　一个宇航员死了，而且是名女性，这无论对长城考察站还是火星宇航分局，都是个噩耗。

　　刘扬把信息发送出去，他并不期待外来的援助，地球政府鞭长莫及，火星宇航局的力量又如此薄弱。他隐隐感到这场灾难还远未过去。

　　秦林仍在一刻不停地做着实验，他拒绝饮水进食已经有两天了。也许只有不停工作，才能使他负罪的心灵有所解脱。

　　王雷的健康状况是最令刘扬担心的。叶桦死去的最初几天，他一直念叨着她的名字，精神萎靡不振。最近，他的情绪越来越恶劣，总是不言不语地在舱内逡巡着，两只眼睛布满血丝，闪着逼人的凶光。

　　刘扬悄悄往他的食物中加了镇定剂，但收效甚微。王雷虽然身材高大，性格粗犷，但他的精神却脆弱得很，叶桦的死无疑给了他重重一击。

　　人类只有在战胜自身之后，才可能战胜自然。考察站的宇航员正面临着一场前所未有的心灵危机。

　　积蓄的愤怒终于爆发了，王雷不知什么时候冲到秦林身旁，抓起显微镜摔在地上，又把桌上的玻璃试管砸得粉碎。他的手被尖锐的玻璃碎片划破，血流如注，但他依然失控地摔砸着。

　　刘扬和秦林都没有阻拦他。

　　直到实验台上的所有物品都变得粉碎，王雷才住手。他沉重地喘息着，渐渐平静下来。

　　刘扬默默地上前为他包扎伤口，他没有拒绝，一双眼睛苦楚而无助地望着天花板。

第二天清晨，刘扬发现王雷不见了。他们到处寻找，最后在温室里发现了他。温室里遍地的火星蘑菇都被他踩得稀烂，他正趴在一堆七零八碎的火星蘑菇中号啕大哭。

刘扬和秦林费尽力气才把他架回生活舱，刘扬给他服下镇定剂后，他才渐渐安静入睡了。可是他只睡了一个小时就醒来，怎么也不肯继续躺着。他的精神恢复得很快，到下午时，就已经能够从事日常工作了。

刘扬和秦林都很高兴。

谁知到了夜间，王雷的状况突然恶化。他像喝醉了一样，口中呓语不止，反复在床上翻滚，刘扬和秦林两个人合力都压不住。渐渐地，他浑身抽搐起来，皮肤出现大片红色的斑点，口中吐出一股红色泡沫。

"他吞食了火星蘑菇。"秦林愕然说道。

"有危险吗？"

"不知道……"

刘扬不得不再次给王雷服下大剂量镇定剂，才使他昏睡过去。

次日，刘扬醒来，发现王雷又不见了。

这一次，他们找遍了考察站也没有找到他。最后，在他的枕头下发现了一张字条，上面写着：我找她去了。

四、生命无悔

刘扬站在巨大的舷窗旁，久久地注视着外面风沙满天的火星世界，焦急地等待着失踪的王雷归来。他的双眉紧锁着，顶多再有两个小时，王雷宇航服上的能量就会耗尽，如果他仍不回来的话……

秦林呆坐在椅子上，没有人知道他在想什么。

突然，他霍地站起身，手忙脚乱地穿戴起宇航服。

"不行，我再去找找他。"

"我跟你一起去。"一向稳重的刘扬也按捺不住了。

两个人一前一后走出生活舱。

温室、发射场、大气采集器、太阳能电站……他们在狂风中苦苦寻找了三个多小时，却没有发现王雷的任何踪迹。两个人都清楚，王雷再也不可能回来了。

秦林一动不动地伫立在风里，他前面的迷雾淹没了空旷辽阔的火星平原、巍峨突兀的山脉、干涸亿万年的远古河床……他明白，他的同伴就在那里。他多想找回这位年轻有为的同伴，但他无法逾越尘暴所设置的重重障碍。他痛感自己的力量是如此渺小。

透过面罩，刘扬看到他的眼中滚下两串泪珠。

"我们回去吧。"刘扬理解秦林此刻的心情，因为他的过失，已经有两个同伴死去了，他的内心承受着强烈的自责。

秦林没有动，他仿佛没听到刘扬的话。刘扬又拉了拉他的胳膊。

"你先回去吧，我再到发射场附近去找找……"秦林低低的声音从通信器里传来。

秦林背对着刘扬，不愿他看到自己眼中的泪水，见刘扬在犹豫，他又说道：“我一会儿就回来。”

看着秦林的背影消失在尘雾中，刘扬并没有跟着他。他觉得让秦林独自待一会儿，也许他的心情会好些。他一个人朝生活舱走去。

穿过站前的空地，生活舱巨大的轮廓在风沙中若隐若现。透过漫天尘沙，他仿佛看到叶桦那最后一次迷人的微笑，刘扬的心情又沉重起来。

他不忍再想下去，于是加快了脚步。

他的手又抓住了生活舱的舷梯。上一次抓到这舷梯时，他听到飞船爆炸时那一声惊魂巨响。而这一次，又有一种不祥的预感突然涌入他的脑海，他的眼前闪现着秦林那忧郁的眼神和两串泪珠。

“不好。”他暗暗叫道，慌忙转身向发射场方向跑去。

刘扬的预感是正确的，只见秦林趴在飞船发射架旁，一动不动，漫天的沙石正渐渐没过他的身体。

刘扬扑到秦林身旁，他看到秦林背部的氧气阀门被打开了，正咝咝地冒出气来。他连忙将阀门拧紧，并抬起他的身体。尽管火星的重力只有地球的三分之一，可穿着笨重的宇航服背起一个人来，却非易事。但刘扬几乎是在一瞬间便完成了这一动作，背着他拼命朝生活舱奔去。

他已经失去了两个同伴，他不能再失去秦林。

秦林仰面躺在床上，面罩已经被取下来，宽大的宇航服被撕到腰部，裸露着上身。

沾满火星尘土的宇航服把生活舱弄得脏乱不堪。

刘扬以最快的速度把氧气面罩扣在秦林脸上，又接连为他注射了两剂强心针。

秦林面色铁青，毫无反应。刘扬用心脏起搏器电击秦林的心脏，又不断地按压他的胸部，却仍然听不到任何动静。

好一会儿，他恍惚看到秦林的手指微微动了一下，接着，秦林的心脏终于微弱地跳动起来。刘扬兴奋得正想欢呼，但眼前突然一黑，随后便什么也不知道了。这些天来，肉体和精神上的折磨已使他的身体超过了所能承受的极限……

刘扬醒来时，看到秦林站在床前，正焦急地看着自己。

"看到你活着，是我这辈子最高兴的事了。"刘扬说道。

秦林苦笑了一下。

"你真傻。你以为自己的死可以抵偿所犯的错误吗？不，你是在逃避，你这个胆小鬼。"刘扬挣扎着想坐起来，但身体一软，又倒在床上。

"不，我不是胆小鬼，采集器收集的水，一个人可以活下去，两个人却不够。"

"难道你就一点办法也没有吗？对，要活下去，但不是一个，是两个！你懂吗！我们已经失去了两个伙伴，这还不够吗？"刘扬不觉吼起来，这是他第一次对部下发火。

"办法……"秦林深深地垂下了头。

"告诉我，火星蘑菇是不是也需要水才能生存？"

秦林默默点头，又猛地抬起脸，目光中放射出异样的光彩。"你的意思是……"

"对，我们去找火星蘑菇，那里一定有水！"

火星笼罩在沙尘暴下已经有半个月了。数亿吨沙尘悬浮在火星表面五十千米高的大气层中，形成了一道阳光射不透的屏障。

火星地表一片暗红，视界仅有四五步远。狂风凄厉地呼啸着，隔着面罩都能听到。

密集的沙砾在空中飞舞，像是火星上的一场红色的暴风雪。

两道伸向风雪深处的车辙，正迅速被尘土覆盖。

刘扬和秦林已经在风暴中行进了四个小时。时速百余米的狂风迎面吹来，尽管火星漫游车已开足了马力，仍慢得像蜗牛一样。

计程仪显示，火星车距离考察站已有五十千米了。他们现在应该距山脉不远，但视野里仍然一片混沌，火星车的强烈灯光只照得见前面重重的红色迷雾。

秦林打开了车上的探测仪器，阴极射线屏上立即显示出一个巨大的阴影，原来他们已处在山脚之下。他们便在山脚附近寻找可以越过第一座险峰的那道山脊。

依照电子地图记忆的山脊特征，他们很快找到了目标。

正当秦林收起火星车的行驶轮、放下机械登山臂的时候，仪表板上的生物探测器突然嘟嘟地响了起来。

人类探索火星的初期，科学家一直期待在火星上找到生命，尽管后来的探测结果令人失望，但生物探测器仍是每一辆火星漫游车的必备装置。

听到警报声，刘扬和秦林都吃了一惊，在这样风沙恶劣的天气里，会是什么呢？火星蘑菇不会有如此强烈的信号反应，难道火星还有其他的生命形式吗？

他们驱车向信号源驶去。

随着车子的前进，屏幕上的信号斑点越来越大，最后形成了一个特定的形状。

刘扬和秦林不约而同地喊起来："是一个人！"

探测器显示，那人就在距火星车四五米的前方俯卧着，已经被风沙埋没。

两个人跳下火星车，用手扒开那个小土丘，下面是一具人类宇航员的尸体。刘扬轻轻摘下遇难者的头盔，显露出一张满脸络腮胡的面孔。刹那间两人都愣住了。

"是王雷。"秦林的声音低低的，像是有什么东西卡着喉咙，使他发不出声来。

"这简直不可思议。"刘扬不解地摇着头。这里距考察站有五十多千米，刘扬无法相信王雷在狂风中步行这么远。即便是长跑冠军，在天气晴好的情况下，依靠宇航服的能量也只能前进十余千米。然而王雷的遗体毕竟就在眼前，难道这是火星的主宰有意将他埋葬在这里的吗？

"他为什么会在这里？"秦林也迷惑地问。他蹲下身，将王雷的身体翻过来。他愕然看到，在王雷的身下竟然生长着一株鲜红的火星蘑菇。

　　秦林伸手摘下那株火星蘑菇，把它放在眼前仔细端详着。他感到这蘑菇似乎在向自己诉说着火星的秘密。他不禁又问了一句：“他为什么会在这儿？”

　　刘扬也在思考着这个问题。突然，他恍然大悟。如果把考察站和王雷死亡的地点连成一条射线，那么在射线的前方，正是每天晚上地球升起的方向。

　　“他是在向着我们的家乡——地球奔跑。”刘扬不禁潸然泪下。他仿佛看见王雷的灵魂正越过太空，向着宇宙里那遥远的故乡飞去……

五、火星之谜

　　火星漫游车艰难地翻过了第一道山峰。

　　他们耗费了一大半能量，火星车的两只前机械臂也折断了，他们不可能再返回考察站了。

　　在周围的迷雾中，矗立着一座座险峰绝壁，尘暴在这些山峰间变得更加猛烈多变。秦林和刘扬驾驶着火星车继续着他们希望渺茫的求生之旅，浓雾团团包裹着他们，灯光只能照见四五步远的前方。但地形探测器上显示出，他们的左侧是万丈峭壁，而右边四步以外便是深不见底的火星裂谷。

　　又过了一个小时，他们抵达了目的地。秦林把火星车小心翼翼地停在火星裂谷边缘，他扭转探照灯向裂谷下照去，只见到苍茫的一片红雾。

　　这里是火星裂谷最平缓的地段，秦林就曾从这里驾驶火星车进入谷底。此刻，火星车经过艰苦跋涉，已经严重受损，不可能再进行剧烈的爬坡动作了。刘扬将携带的登山索一端牢牢地拴在车上，另一端投向谷中。秦林拆下车灯，系在腰间。两人一前一后抓住绳索向谷底滑去。

裂谷中的风弱了许多，尘粒也十分稀薄，只是光线变得更加暗淡，随着灯光扫过，怪石峭壁从黑暗中露出来，显得阴森可怖。

他们已经下降到了很低的位置，但身下仍是黑洞洞的，深不见底。

就在他们继续下降的时候，裂谷边缘出了事故。火星漫游车停泊的崖顶由一块巨岩构成，经过无数年的风化，那岩石已经裂痕累累，此时，禁不住火星车的重压，终于坍塌了。

刘扬忽然间感到手中的绳索一松，接着便和秦林双双坠落下去。在空中，刘扬听到一阵岩石塌落的轰鸣声。

幸运的是，他们距谷底很近，两个人平安落在厚厚的火星尘土中。刘扬挣扎着站起来，忍着浑身剧痛，赶紧拉起秦林向前奔跑。在他们身后，岩石夹杂着火星车的残骸，瀑布般倾泻下来。

在火星裂谷深处，呼啸的狂风和汹涌的尘沙似乎都离这里很远很远，就像是发生在另外一个世界的事情。这里只有亘古的黑暗和沉寂。

一道灯光在谷底四处划动，照亮了那些沉睡已亿万年的岩石。

刘扬和秦林在裂谷中寻找了很久，他们曾攀上秦林发现火星蘑菇的那道悬崖，但那里空无一物。

携带的能量已经所剩无几，刘扬能感到宇航服的恒温系统在逐渐冷却，提供的氧气也越来越少。

秦林也焦急异常，虽然他的肩上背着便携式氢氧能量合成器，可以为他们提供无限的能量，但是有一个前提，它需要水作为原料。然而这裂谷却如同火星的其他地方一样荒凉，遍地干裂，沟壑纵横。秦林抓起一把火星土壤，那土壤已经有数亿年没经过水分的滋润了，像一把松散的沙子。

两人沿着裂谷又走了两千米，仍未找到火星蘑菇，更未发现任何水的迹象。巨大的裂谷还在不断地向前延伸着，电子地图上显示它有四百千米长。他们不可能走那么远。

他们行进的速度越来越慢，能量快用尽了，宇航服的温度已经下降到了冰点。两个人的四肢都被冻僵了，一点知觉也没有。更可怕的是他们呼出的气体，正在面罩上凝结成一层白霜，一旦那白霜完全挡住视线的话……

糟糕的事情还没有完，秦林手中的探照灯亮度骤减，它的电能也快用尽了。秦林用力摇晃它，希望它能再次亮起来，但是灯光却缓慢地暗淡下去，直至完全熄灭。

"该死的……"秦林愤怒地将探照灯摔在地上。他又企图打开宇航服上的电灯，但也因电量不足而失败。

黑暗包围了两个人。没有光，他们寸步难行。

两个人疲惫地靠在一块岩石上。黑暗中，他们彼此沉默着，互相都看不到对方。

刘扬苦楚地闭上眼睛。他知道，他们再也找不到水了，他们将永远埋葬在这个荒凉的星球深处。

秦林的脑海中反复闪现着这些天来的不幸遭遇。他从工具袋里取出一件物品，那是王雷身旁的那株火星蘑菇。黑暗中，他看不见它，但是他对它的每一块斑点、每一处细微的形状都了如指掌。

他长久地凝视着它，然后伸手拧开了宇航服的密封阀。

寂静中，刘扬察觉身边的秦林突然一阵扭动，接着便跌倒在地。

"你怎么啦，没事吧？"刘扬忙问道。

"……密封……面罩……"秦林在地上翻滚着，断断续续地说出四个字。

刘扬扑上去，摸到了秦林，发现他的面罩掉了下来，宇航服失去了密封性。秦林的身体暴露在火星稀薄的大气压环境中。这可相当于地球四十千米的高空，人会在很短的时间内窒息而死。

刘扬把面罩扣在秦林头上，拼命拧死密封阀。

秦林停止了挣扎，一动不动地仰卧在地。

刘扬默默地守在旁边。生命保障系统重新给宇航服加压充气需要一段时间，何况是在能量严重不足的情况下，他不知道秦林能不能坚持下来。

好久，刘扬在寂静中听到了一声微弱的喘息。

"是你吗？"他忙问。

"嗯……"秦林的声音细若游丝。

"你感觉怎么样？"

"还可以，就是……喘不过气来，这该死的密封阀。"他的声音中伴随着沉重的喘息。

又过了五六分钟，秦林的呼吸平稳下来。

"我没事，我想……我们该往回走。"

"往回走，可那里没有水呀？"刘扬不解地问道。

"也许我们错过了。"秦林的声音很坚决，他拉起刘扬跌跌撞撞地朝来时的路走去。

他们又回到了曾经发现火星蘑菇的那道悬崖下面。

黑暗中，秦林在陡直的岩壁上摸索着。终于他摸到了岩壁底部一道裂开的岩缝。

"就是这里。"他兴奋地叫道。

"这里？"刘扬更加迷惑不解，"这里不是只有岩石和沙土吗？"

"我们来把岩缝扩大。"

说罢，秦林取出挖掘工具，在岩壁上凿击起来。刘扬上前帮他，好像全身还有用不完的力量。

坚硬的岩壁终于被凿开了，岩石后面露出一个黑沉沉的洞口。

"你怎么知道这里有洞？"刘扬吃惊地问。

"感觉。"

秦林拉着刘扬的手，弯腰钻入洞中。

洞穴曲折幽深，他们摸索着走了很长时间。周围始终是一片黑暗，刘扬已不知自己身在何处，只是感觉这洞时而必须侧身而过，时而又好像很宽阔。

事实上，他们正沿着这洞穴走向火星地层深处。

他们走了将近半个小时。刘扬的身体已经支撑不住了，他沉重地呼吸着宇航服内残存的一丝氧气，面罩内过高的二氧化碳含量使他的意识逐渐模糊。他感觉很累，伸出手想靠在旁边的洞壁上休息一下，谁知他的手在洞壁上摸到了意想不到的东西。

"火星蘑菇！"刘扬兴奋地喊道，"这里生长着火星蘑菇！"

刘扬还摸到这里不仅仅只有一株火星蘑菇，而是在整个洞壁上密密麻麻都是那圆滚滚的生物。

"这么多火星蘑菇，附近一定有水。"刘扬的精神顿时振奋起来。

他们继续向前走，洞似乎在扩大，渐渐碰不着洞壁了。秦林忽然停住脚步，轻轻地说："你听。"

刘扬侧耳倾听，寂静中，宇航服的外置拾音器将一种声音传入面罩。尽管由于电源将尽，拾音器传来的声音显得很微弱，刘扬仍立刻分辨出那是物体落入液体中所发出的叮咚声。

"是水声。"刘扬的声音颤抖了。

他们向那声音走去。刘扬忽然感觉自己的脚落在一片浅水中，那水波轻微晃动着，抚摸着他的脚。他弯下腰，伸手去掬一捧水，那种水的清冷和柔滑透过手套传到了他的皮肤上。他的心迷醉了。

秦林将氢氧能量合成器放在这洼水中，合成器发出轻微的嗡嗡声，工作指示灯渐渐亮起来。

借着一点萤火般的光亮，刘扬终于看到了眼前的一小片景象。洞已变得很大，灯光照不到它的边际。他们像是处在洞内的一条暗河中。

刘扬知道，火星虽然水资源贫乏，但在它的永冻地层中却存在着一定数量的水。现在他们已深入火星地层，地层中的水经过长时间的渗透，是有可能在这个洞中汇集成一条暗河的。

合成器很快将水分解成氢和氧，并产生出源源不断的能量，很快蓄电池就充满了。两个人把电池接入宇航服，宇航服立即恢复了正常工作，使宇航服内的温度迅速回升至正常状态，之前过浓的二氧化碳被过滤，纯净的氧气涌入头盔。随后，宇航服上的工作灯也亮了起来。

灯光照亮了这个火星地心深处的洞穴，可仍不见洞穴的尽头。洞壁向两侧伸展开去，一直延伸到光线照不到的黑暗中，他们仿佛来到一个被凿空的地心世界。

在他们的面前，是一望无际的湖泊。他们刚刚涉足的并不是一条暗河，而是这湖泊的水岸边缘。那辽阔的水面并不涌动，像镜子一样光滑。从洞顶渗下来的水珠滴落下来，在水面上泛起微微的涟漪。他们同样望不到水的边际，灯光照射到的地方只是一片汪洋，更远处是无边的黑暗。

"整个火星的水大概都藏在这儿了。"

"我们发现了火星最大的秘密。"

"我们可以用这些水把火星改造成地球。"

刘扬兴奋的目光投向秦林，秦林也报以微笑。

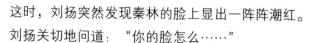

这时，刘扬突然发现秦林的脸上显出一阵阵潮红。

刘扬关切地问道："你的脸怎么……"

没等他把话说完，秦林的身体一晃，便摔倒在水里。

刘扬忙抱起他，让他的头倚在自己的肩头。

秦林在他的怀中抽搐着，他的脸部肌肉因疼痛而扭曲了。大滴大滴红色的汗珠从额头滚落下来，嘴角淌出一股红色的黏液，他的症状和王雷死前一样。

刘扬一惊，他突然明白，在裂谷中，秦林的面罩为什么莫名其妙地脱落了。他焦急地问道："你是不是在峡谷中吞吃了火星蘑菇？"

"你知道王雷为什么会在山脚下吗？"秦林低声说，嘴角又淌出一股像血一样的红色液体，"他不仅仅是在向着地球的方向奔跑。"

说到这里，再次袭来的疼痛使他猛地一抖，他的手紧紧抓住刘扬的胳膊，咬紧牙关。好一会儿，他才渐渐平静下来。秦林的表情恢复了正常，好像刚才什么都没有发生一样。

"我在做实验时发现，火星蘑菇有一种强烈的亲水因子。在这种亲水因子的引导下，火星蘑菇的种子可以随风飘到数万千米外有水的地方，这是火星蘑菇为了适应火星干旱土地而进化出的生存能力。王雷吞食了火星蘑菇，他的身体也受到了亲水因子的侵袭。在临死前，他不仅仅在向着地球的方向奔跑，同时也受到了亲水因子的指引，奔向火星的这个地下大暗河。"

"你吞食火星蘑菇是为了……"刘扬恍然大悟。

秦林苍白的脸上微微一笑。"火星蘑菇的亲水因子可以使生物对水的敏感提高数万倍。没有火星蘑菇，我们会困死在火星大裂谷中，我们永远不会发现这个火星大暗河。"

"可是……"秦林的声音忽然低沉下去，"没有火星蘑菇，我们也不会失去叶桦和王雷……"

两人沉默了好久。刘扬感到秦林的身体渐渐地僵硬了，在他紧闭的双眼的眼角，刘扬看到了两颗晶莹的泪珠。

六、尾声

两个月后，席卷整个火星的大尘暴渐渐平息了下去。

一轮朝日出现在火星淡红色的大气层中，红彤彤的光芒照耀着已经面目全非的火星大地。

一个人类宇航员出现在莽莽群山中，正沿着一道山脊向山脚走去。山脚下的火星平原上，那座人类的考察站有一半已经被尘暴所埋没。这座考察站最初建立的目的就是为寻找火星上稀有的水源，现在，人类终于找到了火星深处所隐藏的暗河，为此，他们付出了三个人的代价。

刘扬站在山脊上，俯瞰着辽阔的火星平原。他仿佛看到一座人类的火星城市正从那里崛起。

火星是个暴脾气

刘茜

火星，这颗火红又神秘的星球，不出意外的话，将是人类踏足的第一颗地外行星。它在不少方面与地球颇为相似，虽然大气非常稀薄，却也气象万千。未来的航天员将会在火星表面度过一段不短的时间，同时，人们还期待着能够开通往返火星的航道。所以，了解一些火星的气象学，有助于我们想象未来的火星生活。

和地球一样，火星也有四季变化，只不过因为火星的一年比较长（687个地球日），每一个季节的长度也比地球上的四季长得多。火星的四季跟地球一样，也是因为自转轴倾斜而导致的，也有自己的春分、夏至、秋分和冬至。夏至和冬至是太阳直射点来到火星上最北和最南的日子，春分和秋分则是太阳直射在赤道上的日子。天文学家把火星经过自己春分点的日子作为一个"火星年"的开始，把二分二至点作为四季的分界。上一个火星的"新年"是2019年3月23日，接下来的火星新年将是2021年2月7日。

119

太阳系的行星以椭圆形的轨道绕着太阳运行，在近日点附近运行快，远日点附近运行慢。由于火星的运行轨道比地球轨道扁，运行速度相差也比较大，所以和地球不同的是，火星上的四季长度很不均匀。在北半球，春、夏、秋、冬四季的长度依次是194天、178天、142天和154天，上半年和下半年差了整整76天！同样也因为运行轨道比较扁，到太阳的距离差就成为影响季节差异的重要因素：北半球的夏季位于远日点附近，冬季位于近日点附近，四季的变化比较温和；反过来，南半球的夏季位于近日点附近，冬季位于远日点附近，四季的变化就比较剧烈了。火星南半球上总是产生大规模的尘暴，也是这个原因。

火星表面的平均气温只有-63℃（地球表面的平均气温是14℃），最低气温更是达到-140℃，大部分时间被严寒统治。不过，"勇气号"火星车曾经在夏季正午测到过火星表面35℃的气温，"机遇号"也测到过火星表面30℃的正午气温。遗憾的是，这样的温暖时光非常短暂，很快就朝着零下的低温狂飙而去。火星上一天经历的温差相当于在地球上经历一次全球旅行：正午时在明媚温暖的海南岛待上几分钟，然后一路向南狂奔，晚上就到了极夜时分的南极。

除了寒冷和极端的温差之外，火星上的风也让人印象深刻。风的能量来源主要是太阳的热量，处于正午时分的地区气温远远高于其他地区，冷热不均导致空气流动，所以整个白天很少有无风的时候。由于火星的表面引力只有地球的38%，这里的风很容易就达到比较快的速度，平均风速大约在10米/秒。狂风卷起沙尘，让大气里充满了细细的红色尘埃，天空看起来并不是蓝色，而是泛着淡淡的橙红色。这样的狂风将一直持续到日落之后。火星上的日落景观与地球有着明显的差异：跟地球一样，日落时的阳光需要在大气中穿行更长的距离；跟地球不一样的是，火星大气里气体分子更少，而尘埃很多，所以大气折射阳光的能力不强，以散射为主，蓝光比红光散射更强，让晚霞和夕阳变成了冷色调的蓝色。随着日落，气温和表面温度都快速下降，邻近区域的温差渐渐变小，大气里的尘埃也慢慢落下，空气变得透明。黎明时分是气温最低、空气中尘埃最少的时候，接下来太阳重新升起，火星表面被迅速加热，狂风和沙尘也就再度来临。

在火星的天空中，有时也能看到白色的云层。这些云是由冰晶组成的，厚度和大小随着季节变化。北半球的春夏季节，也就是火星位于远日点附近的时候，赤道周围环绕着一圈云带，像是一条白色的腰带，这是火星的"远日点云带"，到了下半年会消失。南北两极区域上空，一年到头都有浓厚的冰云，叫"极帽云"，它们在冬季沉降到极冠上，让极冠增厚增大；在夏天，则有一部分水从极冠回到云层中。过去的几十年里，火星的温度下降了一些，极冠正在缓慢增大。当然，在极冠和大气之间，随着季节变化循环的不只是水，还有冻结在极冠里的二氧化碳，也就是干冰。夏天，二氧化碳从极冠和冻土中释放到大气里，让处于夏半球的大气浓度明显升高；冬天，二氧化碳重新被冻结，处于冬半球的大气就会变得稀薄一些。极冠的边缘地带是温度变化最为剧烈的地区，狂风和小型尘暴在这里成为家常便饭。

小说中提到的区域性强尘暴则是南半球的专利，它们总是发生在南半球的春夏季，在火星运行到近日点附近出现，一般从高纬度向低纬度发展。这类尘暴在一个火星年里的特定时段，也就是火星运行到特定位置时按时发生，很少爽约。平均大约每三个火星年，这样的尘暴会越过赤道，蔓延到全球，成为持续几个月的全球性尘暴。比如，2001年火星大冲时，就恰逢一次全球性尘暴。尘暴发生时，最大风速可以达到30米/秒，达到地球上的台风标准。不过，由于火星大气浓度只有地球的1%，即便是这种速度的风，风力也很小，不会像电影里时常发生的那样卷起机械设备，或者把人吹到半空中。遮天蔽日的尘暴会对设备的运转造成严重妨碍，太阳能设备无法使用，表面温度也会大大降低。不过，空气中的沙尘和气溶胶倒是会增加一点保暖作用，让气温平均升高大约20℃。即便如此，尘暴也绝不是一种受欢迎的天气。相对而言，还是气候比较温和平静的北半球，更适合作为人类在火星的立足点。无论如何，相比较地球上宜人的天气，火星上的天气还真的是个"暴脾气"呢。

地火

■ 刘慈欣 ■

地火

最后一句话

父亲的生命已走到了尽头，他用尽力气呼吸，比他在井下扛起200多斤的铁支架时用的力气大得多。他的脸色惨白，双目突出，嘴唇因窒息而呈深紫色，仿佛一条无形的绞索正在脖子上慢慢绞紧，他那艰辛一生的所有淳朴的希望和梦想都已消失，现在他生命的全部渴望就是多吸进一点点空气。但父亲的肺早已成为一块由网状纤维连在一起的黑色的灰块，再也无法把吸进的氧气输送到血液中。组成那个灰块的煤粉是父亲在25年中从井下一点点吸入的，是他这一生采出的煤中极小极小的一部分。

刘欣跪在病床边，父亲气管发出的尖啸声一下下割着他的心。突然，他感觉到这尖啸声中有些杂音，他意识到这是父亲在说话。

"什么，爸爸？！你说什么呀？爸爸？！"

父亲突出的双眼死盯着儿子，那垂死呼吸中的杂音更急促地重复着……

刘欣又声嘶力竭地叫着。

杂音没有了，呼吸也变小了，最后成了一下一下轻轻的抽搐，然后一切都停止了，父亲那双已无生命的眼睛焦急地看着儿子，仿佛急切地想知道他是否听懂了自己最后的话。

刘欣进入了一种恍惚状态，他不知道妈妈怎样晕倒在病床前，也不知道护士怎样从父亲鼻孔中取走输氧管，他只听到那段杂音在脑海中回响，每个音节都刻在他的记忆中，像刻在唱片上一样准确。后来的几个月，他一直都处在这种恍惚状态中，那杂音日日夜夜在脑海中折磨着他，最后他觉得自己也窒息了，不让他呼吸的就是那段杂音，他要想活下去，就必须弄明白它的含义！直到有一天，同样久病的妈妈对他说，他已长大了，该撑起这个家了，别去念高中了，去矿上接爸爸的班吧。他恍惚着拿起父亲的饭盒，走出家门，在1978年冬天的寒风中向矿上走去，向父亲的二号井走去，他看到了黑黑的井口，好像一只眼睛看着他，通向深处的一串防爆灯是那只眼睛的瞳仁，那是父亲的眼睛，那杂音急促地在他脑海响起，最后变成一声惊雷，他猛然听懂了父亲最后的话：

"不要下井……"

地火

刘欣觉得自己的奔驰车在这里很不协调，很扎眼。现在矿上建起了一些高楼，路边的饭店和商店也多了起来，但一切都笼罩在一种灰色的不景气之中。

车到了矿务局，刘欣看到局办公楼前的广场上聚集了一大片人。刘欣穿过人群向办公楼走去，在这群身着工作服和便宜背心的人中，西装革履的他再次感到了自己同周围一切的不协调，人们无言地看着他走过，无数的目光像钢针穿透他身上1万多元一套的名牌西装，令他浑身发麻。

在局办公楼前的大台阶上，他遇到了李民生，他的中学同学，现在是地质处的主任工程师。这人还是20年前那副瘦猴样儿，只是脸上又多了一副憔悴的倦容，抱着的那卷图纸似乎是很沉重的负担。

"矿上有半年发不出工资了，工人们想讨个说法。"寒暄后，李民生指着办公楼前的人群说，同时上下打量着他，那目光像看一个异类。

"有了大秦铁路，前两年国家又煤炭限产，还是没好转？"

"有过一段好转，后来又不行了，这行业就这么个东西，我看谁也没办法。"李民生长叹了一口气，转身走去，好像刘欣身上有什么东西使他想快些离开，但刘欣拉住了他。

"帮我一个忙。"

李民生苦笑着说："10多年前在市一中，你饭都吃不饱，还不肯要我们偷偷放在你书包里的饭票，可现在，你是最不需要谁帮忙的时候了。"

"不，我需要，能不能找到地下一小块煤层，很小就行，储量不要超过3万吨，关键，这块煤层要尽量孤立，同其他煤层间的联系越少越好。"

"这个……应该行吧。"

"我需要这煤层和周围详细的地质资料，越详细越好。"

"这个也行。"

"那我们晚上细谈。"刘欣说。李民生转身又要走，刘欣再次拉住了他："你不想知道我打算干什么？"

"我现在只对自己的生存感兴趣，同他们一样。"他朝聚集的人群方向偏了一下头，转身走了。

沿着被岁月磨蚀的楼梯拾级而上，刘欣看到楼内的高墙上沉积的煤粉像一幅幅巨型的描绘雨云和山脉的水墨画，那幅《毛主席去安源》的巨幅油画还挂在那里，画很干净，没有煤粉，但画框和画面都显示出了岁月的沧桑。画中人那深邃沉静的目光在20多年后又一次落到刘欣的身上，他终于有了回家的感觉。

来到二楼，局长办公室还在20年前那个地方，那两扇大门后来包了皮革，后来皮革又破了。推门进去，刘欣看到局长正伏在办公桌上看一张很大的图纸，白了一半的头发对着门口。那是一张某个矿的掘进进尺图，局长似乎没有注意窗外楼下聚集的人群。

"你是部里那个项目的负责人吧？"局长问，他只是抬了一下头，然后仍低下头去看图纸。

"是的，这是个很长远的项目。"

"呵，我们尽力配合吧，但眼前的情况你也看到了。"局长抬起头来把手伸向他，刘欣在他脸上又看到了和李民生脸上一样的憔悴倦容。握住局长的手时，刘欣感觉到局长有两根手指已经变形，那是早年一次井下工伤造成的。

"你去找负责科研的张副局长，或去找赵总工程师也行，我没空，真对不起了，等你们有一定结果后我们再谈。"局长说完，又把注意力集中到图纸上去了。

"您认识我父亲，您曾是他队里的技术员。"刘欣说出了他父亲的名字。

局长点点头："好工人，好队长。"

"您对现在煤炭工业的形势怎么看？"刘欣突然问，他觉得只有尖锐地切入正题才能引起局长的注意。

"什么怎么看？"局长头也没抬地问。

"煤炭工业是典型的传统工业、落后工业和夕阳工业，它劳动密集，工人的工作条件恶劣，产出效率低，产品运输要占用巨量运力……煤炭工业曾是英国工业的一个重要组成部分，但英国在10年前就关闭了所有的煤矿！"

"我们关不了。"局长说，仍未抬头。

"是的，但我们要改变！彻底改变煤炭工业的生产方式！否则，我们永远无法走出现在这种困境。"刘欣快步走到窗前，指着窗外的人群，"煤矿工人，千千万万的煤矿工人，他们的命运难以有根本性的改变！我这次来……"

"你下过井吗？"局长打断他。

"没有。"一阵沉默后刘欣又说，"父亲死前不让我下。"

"你做到了。"局长说，他伏在图纸上，看不到他的表情和目光，刘欣刚才那种针刺的感觉又回到身上。他觉得很热，这个季节，他的西装和领带只适合有空调的房间，这里没有空调。

"您听我说，我有一个目标，一个梦，这梦在我父亲死的时候就有了，为了我的那个梦、那个目标，我上了大学，又出国读了博士……我要彻底改变煤炭工业的生产方式，改变煤矿工人的命运。"

"简单些，我没空。"局长把手向后指了一下，刘欣不知他是不是在指窗外的人群。

"只要一小会儿，我尽量简单些说。煤炭工业的生产方式是在极差的工作环境中，用密集的劳动、很低的效率，把煤从地下挖出来，然后占用大量铁路、公路和船舶的运力，把煤运输到使用地点，然后再把煤送到煤气发生器中，产生煤气；或送入发电厂，经磨煤机研碎后送进锅炉燃烧……"

"简单些，直截了当些。"

"我的想法是把煤矿变成一个巨大的煤气发生器，使煤层中的煤在地下就变为可燃气体，然后用开采石油或天然气的地面钻井的方式开采这些可燃气体，并通过专用管道把这些气体输送到使用点。用煤量最大的火力发电厂的锅炉也可以燃烧煤气。这样，矿井将消失，煤炭工业将变成一个同现在完全两样的崭新的现代化工业！"

"你觉得自己的想法很新鲜？"

刘欣不觉得自己的想法新鲜，同时他也知道，局长是矿业学院60年代的高材生、国内最权威的采煤专家之一，他也不会觉得新鲜。局长当然知道，煤的地下气化在几十年前就是一个世界性的研究课题。这几十年中，数不清的研究所和跨国公司开发出了数不清的煤气化催化剂，但至今煤的地下气化仍是一个梦，一个人类做了将近一个世纪的梦，原因很简单：那些催化剂的价格远大于它们产生的煤气。

"您听着！我不用催化剂，就可以做到煤的地下气化！"

"怎么个做法呢？"局长终于推开了眼前的图纸，似乎很专心地听刘欣说下去，这给了他一个很大的鼓舞。

"把地下的煤点着！"

一阵长时间的沉默，局长直直地看着刘欣，同时点上一支烟，兴奋地示意他说下去。但刘欣的热度一下子跌了下来，他已经看出了局长热情和兴奋的实质：在日日夜夜艰难而枯燥的工作中，他终于找到了一个短暂放松消遣的机会——一个可笑的傻瓜来免费表演了。刘欣只好硬着头皮说下去。

"开采是通过在地面向煤层的一系列钻孔实现的，钻孔用现有的油田钻机就可以。这些钻孔有以下用途：第一，向煤层中布放大量的传感器；第二，点燃地下煤层；第三，向煤层中注水或水蒸气；第四，向煤层中通入助燃空气；第五，导出气化煤。

"地下煤层被点燃并同水蒸气接触后，将发生以下反应：碳与水生成一氧化碳和氢气，碳与水生成二氧化碳和氢气，然后碳与二氧化碳生成一氧化碳，一氧化碳与水又生成二氧化碳和氢气。最后的结果将产生一种类似于水煤气的可燃气体，其中的可燃成分是50％的氢气和30％的一氧化碳，这就是我们得到的气化煤。

"传感器将煤层中各点的燃烧情况和一氧化碳等可燃气体的产生情况通过次声波信号传回地面，这些信号汇总到计算机中，生成一个煤层燃烧场的模型，根据这个模型，我们就可从地面通过钻孔控制燃烧场的范围和深度，并控制其燃烧的程度，具体的方法是通过钻孔注水抑制燃烧，或注入高压空气或水蒸气加剧燃烧，这一切都是在计算机里根据燃烧场模型的变化自动进行的，使整个燃烧场处于最佳的水煤混合不完全燃烧状态，保持最高的产气量。您最关心的当然是燃烧范围的控制，我们可以在燃烧蔓延的方向上打一排钻孔，注入高压水形成地下水墙阻断燃烧；在火势较猛的地方，还可采用大坝施工中的水泥高压灌浆帷幕来阻断燃烧……您在听我说吗？"

窗外传来一阵喧闹声，吸引了局长的注意力。刘欣知道，他的话在局长脑海中产生的画面肯定和自己梦想中的不一样，局长当然清楚点燃地下煤层意味着什么：现在，地球上各大洲都有很多燃烧着的煤矿，中国就有几座。去年，刘欣在新疆第一次见到了地火。在那里，极目望去，大地和丘陵寸草不生，空气中涌动着充满硫黄味的热浪，这热浪使周围的一切像在水中一样晃动，仿佛整个世界都被放在烤架上。入夜，刘欣看到大地上一道道幽幽的红光，这红光是从地上无数裂缝中透出的。刘欣走近一道裂缝探身向里看去，立刻倒吸了一口冷气，这简直是地狱的入口。那红光从很深处透上来，幽暗幽暗的，但能感到它强烈的热力。再抬头看看夜幕下这透出道道红光的大地，刘欣一时觉得地球像一块被薄薄地层包裹着的火炭！陪他来的是一个强壮的叫阿古力的维吾尔族汉子，他是中国唯一一支专业煤层灭火队的队长，刘欣这次来的目的就是要把他招聘到自己的实验室中。

"离开这里我还有些舍不得，"阿古力用生硬的汉语说，"我从小就看着这些地火长大，它在我眼中成了世界必不可少的一部分，像太阳、星星一样。"

"你是说，从你出生时这火就烧着？！"

"不，刘博士，这火从清朝时就烧着！"

当时刘欣呆立着，在这黑夜中的滚滚热浪里打了个寒战。

阿古力接着说："我答应去帮你，还不如说是去阻止你，听我的话，刘博士，这不是闹着玩的，你在干魔鬼的事呢！"

……

这时窗外的喧闹声更大了，局长站起身来向外走去，同时对刘欣说："年轻人，我真希望部里用投在这个项目上的6000万干些别的，你已看到，需要干的事儿太多了，回见。"

刘欣跟在局长身后来到办公楼外面，看到聚集的人更多了，一位领导在对群众喊话，刘欣没听清他说什么，他的注意力被人群一角的情景吸引了，他看到那里有许多轮椅。这个年代，人们不会在别的地方见到这么多的轮椅集中在一块儿，每个轮椅上都坐着一位因工伤截肢的矿工……

刘欣感到透不过气来，他扯下领带，低着头疾步穿过人群，钻进自己的汽车。他无目标地开车乱转，脑子一片空白。不知转了多长时间，他刹住车，发现自己来到一座小山顶上，他小时候常到这里来，从这儿可以俯瞰整个矿山，他呆呆地站在那儿，又不知过了多长时间。

"都看到些什么？"一个声音响起，刘欣回头一看，李民生不知什么时候站在他身后。

"那是我们的学校。"刘欣向远方指了一下，那是一所很大的、中学和小学在一起的矿山学校，校园内的大操场格外醒目，在那儿，他们度过了自己的童年和少年。

李民生用一只手指着山下黑灰色的世界："那矿山怎么变成这个样子？你还认识它吗？！"他又颓然坐下，"那个时代，我们的父辈是多么骄傲的一群，伟大的煤矿工人是多么骄傲的一群！就说我父亲吧，他是八级工，一个月能挣120元！七十年代的120元啊！"

刘欣沉默了一会儿，想转移话题："家里人都好吗？你爱人，她叫……什么珊来着？"

李民生又苦笑了一下："现在连我都几乎忘记她叫什么了。去年她说再也不愿和一个煤黑子一起葬送人生了。"

"有没有搞错，你是高级工程师啊！"

"都一样，"李民生对着下面的矿山画了一大圈，

"在她眼里都一样，煤黑子。呵，还记得我们是怎样立志当工程师的吗？

"那年创高产，我们去给父亲送饭，那是我们第一次下井。在那黑乎乎的地方，我问父亲和叔叔们，你们怎么知道煤层在哪儿？怎么知道巷道向哪个方向挖？特别是，你们在深深的地下从两个方向挖洞，怎么能准准地碰到一块儿？

"你父亲说，孩子，谁都不知道，只有工程师知道。我们上井后，他指着几个把安全帽拿在手中围着图纸看的人说，看，他们就是工程师。当时在我们眼中，那些人就是不一样，至少，他们脖子上的毛巾白了许多……

"现在我们实现了儿时的愿望，当然说不上什么辉煌，总得尽责任做些什么，要不岂不是自己背叛自己？"

"闭嘴吧！"李民生愤怒地站了起来，"我一直在尽责任，一直在做着什么，倒是你，成天就生活在梦中！你真的认为你能让煤矿工人从矿井深处走出来？能让这矿山变成气田？就算你的那套理论和试验都成功了，又能怎么样？你计算过那玩意儿的成本吗？还有，你用什么来铺设几万公里的输气管道？要知道，我们现在连煤的铁路运费都付不起了！"

"为什么不从长远看？几年、几十年以后……"

"见鬼去吧！我们现在连几天以后的日子都没着落呢！我说过，你是靠做梦过日子的，从小就是！当然，在北京六铺炕那幢安静的旧大楼（注：国家煤炭设计院所在地）中你这梦自可以做，我不行，我在现实中！"

　　李民生转身要走："哦，我来是告诉你，局长已安排我们处配合你们的试验，工作是工作，我会尽力的。3天后我给你试验煤层的位置和详细资料。"说完，他头也不回地走了。

　　刘欣呆呆地看着他出生并度过了童年和少年时代的矿山，他看到了竖井高大的井架，井架顶端巨大的卷扬轮正转动着，把看不见的大罐笼送入深深的井下；他看到一排排轨道电车从他父亲工作过的井口出入；他看到选煤楼下，一列火车正从一长排数不清的煤斗下缓缓开出；他看到了电影院和球场，在那里他度过了童年最美好的时光；他看到了矿工澡堂高大的建筑，只有在煤矿才有这样大的澡堂，在那被煤粉染黑的宽大澡池的水中，他居然学会了游泳！是的，在这远离大海和大河的地方，他是在那儿学会的游泳！他的目光移向远方，看到了高大的矸石山，那是上百年来从采出的煤中拣出的黑石堆成的山，看上去比周围的山都高大，矸石中的硫黄因雨水而发热，正冒出一阵阵青烟……这里的一切都被岁月罩上一层煤粉，整个矿山呈黑灰色，这是刘欣童年的颜色，这是他生命的颜色。他闭上双眼，听着下面矿山发出的声音，时光在这里仿佛停止了流动。

　　啊，爸爸的矿山，我的矿山……

释放地下的魔鬼

　　这是离矿山不远的一个山谷，白天可以看到矿山的烟雾和蒸汽从山后升起，夜里可以看到矿山灿烂的灯火在天空中映出的光晕，矿山的汽笛声也清晰可闻。现在，刘欣、李民生和阿古力站在山谷的中央，看到这里很荒凉，远处山脚下有一个牧人赶着一群瘦山羊慢慢走过。这个山谷下面，就是刘欣要做地下气化煤开采试验的那片孤立的小煤层，这是李民生和地质处的工程师们花了1个月的时间，从地质处资料室那堆积如山的地质资料中找到的。

"这里离主采区较远，所以地质资料不太详细。"李民生说。

"我看过你们的资料，从现有资料上看，实验煤层距大煤层至少有200米，还是可以的。我们要开始干了！"刘欣兴奋地说。

"你不是搞煤矿地质专业的，对这方面的实际情况了解更少，我劝你还是慎重一些。再考虑考虑吧！"

"不是什么考虑，现在试验根本不能开始！"阿古力说，"我也看过资料，太粗了！勘探钻孔间距太大，还都是60年代初搞的。应该重新进行勘探，必须确切证明这片煤层是孤立的，实验才能开始。我和李工搞了一个勘探方案。"

"按这个方案完成勘探需要多长时间？还要追加多少投资？"

李民生说："按地质处现有的力量，时间至少1个月；投资没细算过，估计……怎么也得200万吧。"

"我们既没时间，也没钱干这事儿。"

"那就向部里请示！"阿古力说。

"部里？部里早就有一帮家伙想搞掉这个项目了！上面急于看到结果，我再回去要求延长时间和追加预算，岂不是自投罗网！直觉告诉我不会有太大问题的，就算我们冒个小险吧。"

"直觉？冒险？！把这两个东西用到这件事上？！刘博士，你知道这是在什么上面动火吗？这还是小险？！"

"我已经决定了！"刘欣断然地把手一劈，独自向前走去。

"李工，你怎么不制止这个疯子？我们可是达成了一致看法的！"阿古力对李民生质问道。

"我只做自己该做的。"李民生冷冷地说。

山谷里有300多人在工作，他们中除了物理学家、化学家、地质学家和采矿工程师外，还有一些意想不到的专业人员：有阿古力率领的一支10多人的煤层灭火队，还有来自仁丘油田的两个完整的石油钻井班，以及几名负责建立地下防火帷幕的水工建筑工程师和工人。这个工地上，除了几台高大的钻机和成堆的钻杆外，还可以看到成堆的袋装水泥及搅拌机，高压泥浆轰鸣着将水泥浆注入地层中，还有成排的高压水泵和空气泵，以及蛛丝般错综复杂的各种管道……

工程已进行了两个月，他们已在地下建立了一圈总长2000多米的灌浆帷幕，把这片小煤层围了起来。这本是一项水电工程中的技术，用于大坝基础的防渗，刘欣想到用它建立地下的防火墙，高压注入的水泥浆在地层中凝固，形成一道地火难以穿透的严密屏障。在防火帷幕包围的区域中，钻机打出了近百个深孔，每个都直达煤层。每个孔口都连接着一根管道，这根管道又分成3根支管，连接到不同的高压泵上，可分别向煤层中注入水、水蒸气和压缩空气。

最后一项工作是放"地老鼠"——这是人们对燃烧场传感器的称呼。这种由刘欣设计的神奇玩意儿并不像老鼠，倒很像一颗小炮弹。它有20厘米长，头部有钻头，尾部有驱动轮，当"地老鼠"被放进钻孔中时，它能凭借钻头和驱动轮在地层中钻进移动上百米，自动移到指定位置。它们都能在高温高压下工作，在煤层被点燃后，它们用可穿透地层的次声波通信把所在位置的各种参数传给主控计算机。现在，他们已在这片煤层中放入了上千个"地老鼠"，其中有一半放置在防火帷幕之外，以监测可能透过帷幕的地火。

在一间宽大的帐篷中，刘欣站在一面投影屏幕前，屏幕上显示出防火帷幕圈，计算机根据收到的信号用闪烁光点标出了所有"地老鼠"的位置，它们密密地分布着，整个屏幕看上去像一幅天文星图。

一切都已就绪，两根粗大的点火电极被从帷幕圈中央的一个钻孔中放下去，电极的电线直接通到刘欣所在的大帐篷中，接到一个有红色大按钮的开关上。这时所有的工作人员都各就各位，兴奋地等待着。

"你最好再考虑一下，刘博士，你干的事太可怕了，你不知道地火的厉害！"阿古力对刘欣说。

"好了，阿古力，从你到我这儿来的第一天，就到处散布恐慌情绪，还告我的状，一直告到煤炭部，但公平地说，你在这个工程中是做了很大贡献的，没有你这一年的工作，我不敢贸然试验。"

"刘博士，别把地下的魔鬼放出来！"

"你觉得我们现在还能放弃？"刘欣笑着摇摇头，然后转向站在旁边的李民生。

李民生说："根据你的吩咐，我们第六遍检查了所有的地质资料，没有问题。昨天晚上我们还在某些敏感处又加了一层帷幕。"他指了指屏幕上帷幕圈外的几个小线段。

刘欣走到点火电极的开关前，当把手指放到红色按钮上时，他停了一下，闭起了双眼像在祈祷，他嘴唇动了动，只有离他最近的李民生听清了他说的两个字：

"爸爸……"

红色按钮按下了，没有任何声音和闪光，山谷还是原来的山谷，但在地下深处，在上万伏的电压下，点火电极在煤层中迸发出雪亮的高温电弧。投影屏幕上，放置点火电极的位置出现了一个小红点，红点很快扩大，像滴在宣纸上的一滴红墨水。刘欣动了一下鼠标，屏幕上换了一个画面，显示出计算机根据"地老鼠"发回的信息生成的燃烧场模型，那是一个洋葱状的不断扩大的球体，洋葱的每一层代表一个等温层。高压空气泵在轰鸣，助燃空气从多个钻孔汹涌地注入煤层，燃烧场像一个被吹起的气球一样扩大着……1小时后，控制计算机启动了高压水泵，屏幕上的燃烧场像被刺破了的气球一样，形状变得扭曲复杂起来，但体积并没有缩小。

刘欣走出了帐篷，外面太阳已落下山，各种机器的轰鸣声在黑下来的山谷中回荡。300多人都聚集在外面，他们围着一个直立的喷口，那喷口有一个油桶粗。人们为刘欣让开一条路，他走上了喷口下的小平台。平台上已有两个工人，其中一人看到刘欣到来，便开始旋动喷口的开关轮，另一人用打火机点燃了一个火把，把它递给刘欣。随着开关轮的旋动，喷口中响起了一阵气流的嘶鸣声，这嘶鸣声急剧增大，像一个喉咙嘶哑的巨人在山谷中怒吼。在四周，300多张紧张期待的脸在火把的光亮中时隐时现。刘欣又闭上双眼，再次默念了那两个字：

"爸爸……"

然后他把火把伸向喷口，点燃了人类第一口燃烧气化煤井。

"轰"的一声，一根巨大的火柱腾空而起，猛蹿至十几米高。那火柱紧接着喷口的底部呈透明的纯蓝色，向上很快变成刺眼的黄色，再向上渐渐变红，它在半空中发出低沉强劲的呼声，离得最远的人都能感觉到它汹涌的热力；周围的群山被它的光芒照得通亮，远远望去，黄土高原上出现了一盏灿烂的天灯！

人群中走出一个头发花白的人，他是局长，他握住刘欣的手说："接受我这个思想僵化的落伍者的祝贺吧，你搞成了！不过，我还是希望尽快把它灭掉。"

"您到现在还不相信我？！它不能灭掉，我要让它一直燃着，让全国和全世界都看看！"

　　"全国和全世界已经看到了，"局长指了指身后蜂拥而上的电视台记者，"但你要知道，试验煤层和周围大煤层的最近距离不到200米。"

　　"可在这些危险的位置，我们连打了3道防火帷幕，还有好几台高速钻机随时处于待命状态，绝对没有问题的！"

　　"我不知道，只是很担心。你们是部里的工程师，我无权干涉，但任何一项新技术，不管看上去多成功，都有潜在的危险，这几十年中在煤炭行业这种危险我见了不少，这可能是我思想僵化的原因吧，我真的很担心……不过，"局长再次把手伸给了刘欣，"我还是谢谢你，你让我看到了煤炭工业的希望，"他又凝望了火柱一会儿，"你父亲会很高兴的！"

　　以后的两天，又点燃了两个喷口，使火柱达到了3根。这时，试验煤层的产气量按标准供气压力计算已达每小时50万立方米，相当于上百台大型煤气发生炉。

　　对地下煤层燃烧场的调节全部由计算机完成，燃烧场的面积严格控制在帷幕圈总面积的三分之二，且界限稳定。应矿方的要求，多次做了燃烧场控制试验，刘欣在计算机上用鼠标画了一个圈，圈住燃烧场，然后按住鼠标把这个圈缩小，随着外面高压泵轰鸣声的改变，在一个小时内，实际燃烧场的面积退到缩小的圈内。同时，在距离大煤层较近的危险方向上，又增加了两道长200多米的防火帷幕。

　　刘欣没有太多的事可做，他把所有的时间都花在接受记者采访和对外联络上。国内外的许多大公司蜂拥而至，对这个项目提出了庞大的投资和合作意向，其中包括像杜邦和埃克森这样的巨头。

第三天，一个煤层灭火队员找到刘欣，说他们队长要累垮了。这两天阿古力带领灭火队发疯似的一遍遍搞地下灭火演习；他还自作主张，租用国家遥感中心的一颗卫星监视这一地区的地表温度；他自己已连着三夜没睡觉，晚上在帷幕圈外面远远近近地转，一转就是一夜。

刘欣找到阿古力，看到这个强壮的汉子消瘦了许多，双眼红红的。"我睡不着，"他说，"一合眼就做噩梦，看到大地上到处喷着这样的火柱子，像一片火的森林……"

刘欣说："租用遥感卫星是一笔很大的开销，虽然我觉得没必要，但既然已经做了，我尊重你的决定。阿古力，我以后还是很需要你的，虽然我觉得你的煤层灭火队不会有太多的事可做，但再安全的地方也是需要消防队的。你太累了，先回北京去休息几天吧。"

"我现在离开？！你疯了！"

"你在地火上面长大，对它形成了一种根深蒂固的恐惧感。现在，我们还控制不了新疆煤矿地火那么大的燃烧场，但我们很快就能做到！我打算在新疆建立第一个投入商业化运营的气化煤田，到时候，那里的地火将在我们的控制中，你家乡的土地将布满美丽的葡萄园。"

"刘博士，我很敬重你，这也是我跟你干的原因，但你总是高估自己。对于地火，你还只是孩子呢！"阿古力

142

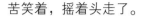

苦笑着，摇着头走了。

噩梦降临

　　灾难是在第五天降临的。当时天刚亮，刘欣被推醒，看到面前站着阿古力，他气喘吁吁，双眼发直，像得了热病，裤腿都被露水打湿了。他把一张激光打印机打出的照片举到刘欣眼前，举得那么近，快挡住他的双眼了。那是一张卫星发回的红外假彩色温度遥感照片，像一幅色彩斑斓的抽象画，刘欣看不懂，迷惑地望着他。"走！"阿古力大吼一声，拉着刘欣的手冲出帐篷。刘欣跟着他向山谷北面的一座山上攀去，一路上，刘欣越来越迷惑。首先，这是最安全的一个方向，在这个方向上，试验煤层距大煤层有上千米远；其次，阿古力现在领他走得也太远了，他们已接近山顶，帷幕圈远远落在下面，在这儿能出什么事呢？到达山顶后，刘欣喘息着正要质问，却见阿古力把手指向山另一边更远的地方，刘欣放心地笑了，笑阿古力的神经过敏。向阿古力所指的方向望去，矿山尽收眼底，在矿山和这座山之间，有一段平缓的山坡，在山坡的低处有一块绿色的草地，阿古力指的就是那块草地。放眼望去，矿山和草地像以前一样平静，但顺着阿古力手指的方向看了好一会儿，刘欣终于发现了草地有些异样：在草地上出现了一个圆，圆内的绿色比周围略深一些，不仔细看根本无法察觉。刘欣的心猛然抽紧了，他和阿古力向山下跑去，向草地上那个暗绿色的圆跑去。

跑到那里后，刘欣跪到草地上看圆内的草，并把它们同圆外的相比较，发现这些草已蔫软，并倒伏在地，像被热水泼过一样。刘欣把手按到草地上，明显地感觉到了来自地下的热力，在圆区域的中心，有一缕蒸汽在刚刚出现的阳光中升起……

经过一上午的紧急钻探，又施放了上千个"地老鼠"，刘欣终于确定了一个噩梦般的事实：大煤层着火了。燃烧的范围一时还无法确定，因为"地老鼠"在地下的行进速度只有每小时十几米，但大煤层比试验煤层深得多，它的燃烧热量已透至地表，说明已燃烧了相当长的时间，火场已很大了。

事情有些奇怪，在燃烧的大煤层和试验煤层之间的1000米土壤和岩石带完好无损，地火是在这上千米隔离带的两边烧起来的，以至于有人提出大煤层的火同试验煤层没有什么关系。但这只是个安慰，连提出这个意见的人自己也不太相信这个说法。随着勘探的深入，事情终于在深夜搞清楚了。

从试验煤层中伸出了8条狭窄的煤带，这些煤带最窄处只有半米，很难察觉。其中5条煤带被防火帷幕截断，而有3条煤带呈向下的走向，刚刚好爬过了帷幕的底部。这3条"煤蛇"中的两条中途中断了，但有一条一直通向千米外的大煤层。这些煤带实际是被煤填充的地层裂缝，这些裂缝都与地表相通，为燃烧提供了良好的供氧，于是，那条煤带成了连接试验煤层和大煤层的一根导火索。

这3条煤带都没有在李民生提供的地质资料上标明。

事实上，这种狭长的煤带在煤矿地质上是极其罕见的，大自然开了一个残酷的玩笑。

"我没有办法，孩子得了尿毒症，要不停地做透析，这个项目的酬金对我太重要了！所以我没有尽全力阻止你……"李民生脸色苍白，回避着刘欣的目光。

现在，他们和阿古力站在隔开两片地火的那座山峰上，这又是一个早晨，矿山和山峰之间的草地已全部变成了深绿色，而昨天他们看到的那个圆形区域现在已成了焦黄色！蒸汽在山下迷漫，矿山已看不清楚了。

阿古力对刘欣说："我在新疆的煤矿灭火队和大批设备已乘专机到达太原，很快就到这里了。全国其他地区的力量也在向这儿集中。从现在的情况看，火势很凶，蔓延飞快！"

刘欣默默地看着阿古力，好大一会儿才低声问："还有救吗？"

阿古力轻轻地摇摇头。

"你就告诉我，还有多大的希望？如果封堵供氧通道，或注水灭火……"

阿古力又摇摇头："我有生以来一直在干那件事，可地火还是烧毁了我的家乡。我说过，在地火面前，你只是个孩子。你不知道地火是什么，在那深深的地下，它比毒蛇更光滑，比幽灵更莫测，它想去哪儿，凡人是拦不住的。这里地下巨量的优质无烟煤，是这魔鬼渴望了上亿年的东西，现在你把它放出来了，它将拥有无穷的能量和力量，这里的地火将比新疆的大百倍！"

刘欣抓住这个维吾尔汉子的双肩绝望地摇晃着："告诉我还有多大希望？！求求你说真话！"

"百分之零。"阿古力轻轻地说，"刘博士，你此生很难赎清自己的罪了。"

魔鬼蒸汽

在局办公楼里召开了紧急会议，与会的除了矿务局主要领导和五个矿的矿长外，还有包括市长在内的市政府一群忧心忡忡的官员。会上首先成立了危急指挥中心，中心总指挥由局长担任，刘欣和李民生都是领导小组的成员。

"我和李工将尽自己最大努力做好工作，但还是请大家明白，我们现在都是罪犯。"刘欣说，李民生在一边低头坐着，一言不发。

"现在还不是讨论责任的时候，只干，别多想。"局长看着刘欣说，"知道最后这五个字是谁说的吗？你父亲。那时我是他队里的技术员，有一次为了达到当班的产量指标，我不顾他的警告，擅自扩大了采掘范围，结果造成工作面①大量进水，队里二十几个人被水困在巷道的一角。当时大家的头灯都灭了，也不敢用打火机，一怕瓦斯，二怕消耗氧气，因为水已把这里全封死了，黑得伸手不见五指，你父亲这时告诉我，他记得上面是另一条巷道，顶板好像不太厚。然后我就听到他用镐挖顶板，我们几个也都摸到镐，跟着他在黑暗中挖了起来。氧气越来

———
① 开采矿物的工作地点。

146

少，人开始感到胸闷头晕，还有那黑暗，那是地面上的人见不到的绝对的黑暗，只有镐头撞击顶板的火星在闪动。当时对我来说，活着真是一种折磨，是你父亲支撑着我，他在黑暗中反复对我说那五个字：只干，别多想。不知挖了多长时间，当我就要在窒息中昏迷时，顶板挖塌了一个洞，上面巷道防爆灯的光亮透射进来……后来你父亲告诉我，他根本不知道顶板有多厚，但那时人只能是：只干，别多想。这么多年，这五个字在我脑子中越刻越深，现在我替你父亲把它传给你了。"

会上，从全国各地紧急赶到的专家很快制订了灭火方案。可供选择的方法不多，只有三个：第一，隔绝地下火场的氧气；第二，用灌浆帷幕切断火路；第三，向地下火场大量注水灭火。这三个方法同时进行，但第一个方法早就证明难以奏效，因为通向地下的供氧通道极难定位，就是找到了，也很难堵死；第二个方法只对浅煤层火场有效，且速度太慢，赶不上地下火势的迅速蔓延；最有希望的是第三个灭火方法了。

消息并没有公开，灭火工作在悄悄进行。从仁丘油田紧急调来的大功率钻机在人们好奇的目光中穿过煤城的公路，军队进入矿山，天空出现了盘旋的直升机……一种不安的情绪笼罩着矿山，各种谣言开始像野火一样蔓延。

大型钻机在地下火场的火头上"一"字排开，钻孔完成后，上百台高压水泵开始向冒出青烟和热浪的井孔中注水。注水量是巨大的，以至矿山和城市生活区全部断水，这使得人们的不安和骚动进一步加剧。但注水结果令人鼓舞，在指挥中心的大屏幕上，红色火场的前锋面出现了一个个以钻孔为中心的暗色圆圈，标志着注水在急剧降低火场温度。如果这一排圆圈连接起来，就有希望截断火势的蔓延。

但这使人稍感欣慰的局势并没有持续多长时间。在高大的钻塔旁边，来自油田的钻井队长找到了刘欣。

"刘博士，有三分之二的井位不能再钻了！"他在钻机和高压泵的轰鸣声中大喊。

"你开什么玩笑？！我们现在必须在火场上大量增加注水孔！"

"不行！那些井位的井压都在急剧增大，再钻下去要井喷的！"

"你胡说！这儿不是油田，地下没有高压油气层，怎么会井喷？！"

"你懂什么？！我要停钻撤人了！"

刘欣愤怒地抓住队长满是油污的衣领："不行！我命令你钻下去！！不会有井喷的！听到了吗？不会！！"

话音未落，钻塔方向传来了一声巨响，两人转头望去，只见沉重的钻孔封瓦裂成两半飞了出来，一股黄黑色的浊流嘶鸣着从井口喷出，浊流中，折断的钻杆七零八落地飞出。在人们的惊叫声中，那股浊流的色调渐渐变浅，这是由于其中泥沙含量减少的缘故。后来它变成了雪白色，人们明白了这是注入地下的水被地火加热后变成的高压蒸汽！

更恐怖的一幕出现了，那条白色巨龙的头部脱离了同地面的接触，渐渐升起，最后白色蒸汽全部升到了钻塔以上，仿佛横空出世的一个白发魔鬼，而这魔鬼同地面的井口之间，除了破损的井架之外竟空无一物！只能听到那可怕的啸声，以至于几个年轻工人以为井喷停了，犹豫地向钻台迈步，但刘欣死死抓住了他们中的两个，高喊：

"不要命了！过热蒸汽！！"

在场的工程师很快明白了眼前这奇景的含义，但让其他人理解并不容易。同人们的常识相反，水蒸气是看不到的，人们看到的白气只是水蒸气在空气中冷凝后结成的微小水珠。而水在高温高压下会形成可怕的过热蒸汽，其温度高达400~500℃！它不会很快冷凝，所以现在只能在钻塔上方才能看到它显形。这样的蒸汽平常只在火力发电厂的高压汽轮机中存在，它一旦从高压输气管中喷出（这样的事故不止一次发生），可以在短时间内穿透一堵砖墙！人们惊恐地看到，刚才潮湿的井架在无形的过热蒸汽中很快被烤干了，几根悬在空中的粗橡胶管像蜡做的一样被熔化！这魔鬼蒸汽冲击井架，发出让人头皮发炸的巨响……

地下注水已不可能了，即使可能，注入地下火场中的水的助燃作用已大于灭火作用。

危急指挥中心的全体成员来到距地火前沿最近的三矿四号井井口前。

"火场已逼近这个矿的采掘区，"阿古力说，"如果火头到达采掘区，矿井巷道将成为地火强有力的供氧通道，那时地火火势将猛增许多倍……情况就是这样。"他打住了话头，不安地望着局长和三矿的矿长，他知道采煤人最忌讳的是什么。

"现在井下情况怎么样？"局长不动声色地问。

"8个井的采煤和掘进工作都在正常进行，这主要是为了安定着想。"矿长回答。

"全部停产，井下人员立即撤出，然后……"局长停了下来，沉默了两三秒钟。

人们觉得这两三秒很长很长。

"封井。"局长终于说出了那两个最让采煤人心碎的字。

"不！不行！！"李民生失声叫道，然后才发现自己还没想好理由，"封井……封井……矿上马上就会乱起来，还有……"

"好了。"局长轻轻挥了一下手，他的目光说出了一切，"我知道你的感觉，我也一样，大家都一样。"

李民生抱头蹲到地上，他的双肩在颤抖，但哭不出声来。矿山的领导和工程师们面对井口默默地站着，宽阔的井口像一只巨大的眼睛看着他们，就像20多年前看着童年的刘欣一样。

他们在为这座百年老矿致哀。

不知过了多长时间，局总工程师低声打破沉默："井下的设备，看看能弄出多少就弄出多少。"

"那么，"矿长说，"组织爆破队吧。"

局长点点头："时间很紧，你们先干，我同时向部里请示。"

局党委书记说："不能用工兵吗？用矿工组成的爆破

队……怕要出问题。"

"考虑过，"矿长说，"但现在到达的工兵只有一个排，即使干一个井人力也远远不够，再说他们也不熟悉井下爆破作业。"

老炭柱

距火场最近的四号井最先停产，当井下矿工一批批乘电轨车上到井口时，他们发现上百人的爆破队正围在一堆钻杆旁边等待着什么。人们围上去打听，但爆破队的矿工们也不知道自己要干什么，他们只是接到命令带着钻孔设备集合。突然，人们的注意力都被吸引到一个方向，一个车队正朝井口开来，第一辆卡车上坐满了持枪的武警士兵，跳下车来为后面的卡车围出了一块停车场。后面有11辆卡车，它们停下后，篷布很快被掀开，露出了上面整齐码放着的黄色木箱，矿工们惊呆了，他们知道那是什么。

整整10卡车，装载每箱24千克装的硝酸铵二号矿井炸药，总重约有50吨。最后一辆较小的卡车上有几捆用于绑药条的竹条，还堆着一大堆黑色塑料袋，矿工们知道那里面装的是电雷管。

刘欣和李民生刚从一辆车的驾驶室里跳下来，就看到新任命的爆破队队长，一个满脸络腮胡的壮汉，手里拿着一卷图纸迎面走来。

"李工，这是让我们干什么？"队长问，同时展开图纸。

李民生指点着图纸，手微微发抖："3条爆破带，每条长35米，具体位置在下面那张图上。爆孔分150毫米和75毫米两种，装药量分别是每米28公斤和每米14公斤，爆孔密度……"

"我问你要我们干什么？！"

在队长那喷火的双眼的逼视下，李民生无声地低下头。

"弟兄们，他们要炸毁主巷道！"队长转身冲人群高喊。矿工人群中一阵骚动，接着如一堵墙一样围逼上来，武警士兵组成半圆形警戒线阻止人群靠近卡车，但在那势不可挡的黑色人海的挤压下，警戒线弯曲变形，很快就要被冲破了。在最后关头，人群停止了涌动，矿工们看到局长和矿长出现在一辆卡车的踏板上。

"我15岁就在这口井干了，你们要毁了它？！"一个老矿工高喊，他脸上那刀刻般的皱纹在厚厚的煤灰下仍显得很清晰。

"炸了井，往后的日子怎么过？！"

"为什么炸井？！"

"现在矿上的日子已经很难了，你们还折腾什么？！"

……

人群炸开了，愤怒的声浪一阵高过一阵，在那落满煤灰的黑脸的海洋中，白色的牙齿十分醒目。局长冷静地等待着，人群在愤怒的声浪中又骚动起来，在即将再次失去控制时，他才开始说话。

"大家往那儿看。"他向井口旁边的一个小山丘指去。他的声音不高，但却使愤怒的声浪立刻安静下来，所有的人朝他指的方向看去。

那座小山丘顶上立着一根黑色的煤柱子，有两米多高，粗细不均，有一圈落满煤尘的石栏杆圈着那根煤柱。

"大家都管那东西叫老炭柱，但你们知道吗，它立起来的时候并不是一根柱子，而是一块四四方方的大煤块。那是100多年前，清朝的张之洞总督在建矿典礼时立起的。它是让这百多年的风风雨雨蚀成一根柱子了。这百多年，我们这个矿山经历了多少风风雨雨，多少大灾大难，谁还能记得清呢？这时间不短啊，同志们，四五辈人啊！这么长时间，我们总该记下些什么，总该学会些什么。如果实在什么也记不下，什么也学不会，总该记下和学会一样东西，那就是——"

局长对着黑色的人海挥起双手。

"天，塌不下来！"

人群在空气中凝固了，似乎连呼吸都已停止。

"中国的产业工人，中国的无产阶级，没有比我们的历史更长了，没有比我们经历的风雨和灾难更多了，煤矿工人的天塌了吗？没有！我们这么多人现在能站在这儿看那老炭柱，就是证明。我们的天塌不了！过去塌不了，将来也塌不了！！

"说到难，有什么稀罕啊，同志们，我们煤矿工人什么时候容易过？从老祖宗辈算起，我们什么时候有过容易日子啊！你们再掰着指头算算，中国的，世界的，工业有多少种，工人有多少种，哪种比我们更难？！没有，真的没有。难有什么稀罕？不难才怪，因为我们不但要顶起天，还要撑起地啊！怕难，我们早断子绝孙了！

"但社会和科学都在发展，很多有才能的人在为我们想办法，这办法现在想出来了，我们有希望完全改变自己的生活，我们要走出黑暗的矿井，在太阳底下，在蓝天底下采煤了！煤矿工人，将成为最让人羡慕的工作！这希望刚刚出现，不信，就去看看南山沟儿那几根冲天的大火柱！但正是这个努力，引发了一场灾难，关于这个，我们会对大家有个详细的交代，现在大家只需明白，这可能是煤矿工人的最后一难了，这是为我们美好明天付出的代价，就让我们抱成一团过这一难吧。我还是那句话，多少辈人都过来了，天塌不下来！"

人群默默地散去后，刘欣对局长说："你和我父亲，认识你们两人，我死而无憾。"

"只干，别多想。"局长拍拍刘欣的肩膀，又在那里攥了一下。

四号井主巷道爆破工程开始一天后，刘欣和李民生并肩走在主巷道里，他们的脚步发出空洞的回响。他们正在走过第一爆破带，昏暗的顶灯下，可以看到高高的巷道顶上密密地布满了爆破孔，引爆电线如彩色的瀑布从上面泻下来，在地上堆成一堆。

李民生说："以前我总觉得自己讨厌矿井，恨矿井，恨它吞掉了自己的青春。但现在才知道，我已同它融为一体了，恨也罢，爱也罢，它就是我的青春了。"

"我们不要太折磨自己了，"刘欣说，"我们毕竟干成了一些事，不算烈士，就算阵亡吧。"

他们沉默下来，同时意识到，他们谈到了死。

这时阿古力从后面气喘吁吁地跑过来，他指着巷道顶说："李工，你看！"他指的是几根粗大的帆布管子，那是井下通风用管，现在它们瘪下来了。

"天啊，什么时候停的通风？！"李民生大惊失色。

"两个小时了。"

李民生用对讲机很快叫来了矿通风科科长和两名通风工程师。

"没法恢复通风了，李工，下面的通风设备——鼓风机、马达、防爆开关，甚至部分管路，都拆了呀！"通风科长说。

"胡闹！谁让你们拆的，你找死啊！"李民生一反常态，破口大骂起来。

"李工，这是怎么讲话嘛！谁让拆？封井前尽可能多地转移井下设备可是局里的意思，停产安排会你我都是参加了的！我们的人没日没夜干了两天，拆上来的设备价值上百万元，就落你这一顿臭骂？！再说井都封了，还通什么风！"

李民生长叹一口气，直到现在，情势紧迫，兵荒马乱，因而出现了这样的协调问题。

"这有什么？"通风科的人走后，刘欣问，"通风不该停吗？这样不是还可以减少向地下的氧气流量？"

"刘博士，你真是个理论的巨人、行动的矮子，一接触到实际，你就什么都不懂了，真像李工说的，你只会做梦！"阿古力说。煤层失火以来，他对刘欣一直没有客气过。

李民生解释道："这里的煤层是瓦斯高发区，通风一停，瓦斯在井下很快聚集，地火到达时可能引起大爆炸，其威力有可能把封住的井口炸开，至少可能炸出新的供氧通道。不行，必须再增加一条爆破带！"

"可，李工，上面第二条爆破带才只干到一半，第三条还没开工，地火距南面的采区已经很近了，把原计划的三条做完都怕来不及啊！"

"我……"刘欣小心地说，"我有个想法不知行不行。"

"哈，这可是，用你们的话怎么说，破天荒了！"阿古力冷笑着说，"刘博士还有拿不准的事儿？刘博士还有需要问别人才能决定的事儿？"

"我是说，现在这最深处的一条爆破带已做好，能不能先引爆这一条，这样一旦井下发生爆炸，至少还有一道屏障。"

"要行早这么做了。"李民生说，"爆破规模很大，引爆后巷道里的有毒气体和粉尘长时间散不去，让后面的施工无法进行。"

地火的蔓延速度比预想的快，施工领导小组决定只打两条爆破带就引爆，尽快从井下撤出施工人员。天快黑时，大家正在离井口不远的生产楼中，围着一张图纸研究如何利用一条支巷最短距离引出起爆线，李民生突然说：

"听！"

一声低沉的响声隐隐约约从地下传上来，像大地在打嗝。几秒钟后又一声。

"是瓦斯爆炸，地火已到采区了！"阿古力紧张地说。

"不是说还有一段距离吗？"

没人回答，刘欣的"地老鼠"探测器已用完，现有落后的探测手段很难十分准确地把握地火的位置和推进速度。

"快撤人！"

李民生拿起对讲机，但任凭他怎么大喊，也没有人回答。

"我上井前看张队长干活儿时怕碰坏对讲机，把它和导线放一块儿了，下面几十台钻机同时干，声儿很大！"一个爆破队的矿工说。

李民生跳起来冲出生产楼，安全帽也没戴，叫了一辆电轨车，以最快的速度向井下开去。当电轨车在井口消失前的一瞬间，追出来的刘欣看到李民生在向他招手，还在向他笑，他很长时间没笑过了。

地下又传来几次"打嗝"声，然后平静下来。

"刚才的一阵爆炸，能不能把井下的瓦斯消耗掉？"刘欣问身边的一名工程师，对方惊奇地看了他一眼。

"消耗？笑话，它只会把煤层中更多的瓦斯释放出来！"

一声冲天巨响，仿佛地球在脚下爆炸！井口淹没于一片红色火焰之中。气浪把刘欣高高抛起，世界在他眼中疯狂地旋转，同他一起飞落的是纷乱的石块和枕木，刘欣还看到了电轨车的一节车厢从井口的火焰中飞出来，像一粒被吐出的果核。刘欣被重重地摔到地上，碎石在他身边纷纷落下，他觉得每一块碎石上都有血……刘欣又听到了几声沉闷的巨响，那是井下炸药被引爆的声音。失去知觉前，他看到井口的火焰消失了，代之以滚滚的浓烟……

一年以后

刘欣仿佛行走在地狱中。整个天空都是黑色的烟云，太阳是一个刚刚能看见的暗红色圆盘。由于尘粒摩擦产生的静电，烟云中不时出现幽幽的闪电，每次闪电出现时，地火之上的矿山就在青光中凸显出来，那图景一次次像用烙铁烙在他的脑海中。烟尘是从矿山的一个个井口中冒出的，每个井口都吐着一根烟柱，那烟柱的底部映着地火狰狞的暗红色光，向上渐渐变成黑色，如天地间一条条扭动的怪蛇。

公路是滚烫的，沥青路面熔化了，每走一步都几乎要撕下刘欣的鞋底。路上挤满了难民的人流和车辆，闷热的空气充满了硫黄味，还不时有雪花状的灰末从空中落下，每个人都戴着呼吸面罩，身上落满了白灰。道路拥堵不堪，全副武装的士兵在维持秩序，一架直升机穿行在烟云中，在空中用高音喇叭劝告人们不要惊慌……疏散移民在冬天就开始了，本计划用一年时间完成，但现在地火势头突然变猛，只得紧急加快进程。一切都乱了，法院对刘欣的开庭一再推迟，以至于今天早上他所在的候审间一时没人看管，他迷迷糊糊地走了出来。

公路以外的地面干燥开裂，裂纹又被厚厚的灰尘填满，脚踏上去扬起团团尘雾；一个小池塘，冒出滚滚蒸汽，黑色的水面上浮满了鱼和青蛙的尸体；现在是盛夏，可见不到一点儿绿色，地面上的草全部枯黄了，埋在灰尘中；树也都是死的，有些还冒出青烟，已变成木炭的枝丫像怪手一样伸向昏暗的天空。所有的建筑都已人去楼空，有些从窗子中冒出浓烟；刘欣看到了老鼠，它们被地火的热力从穴中赶出，数量惊人，大群大群地涌过路面……刘欣向矿山深处走去，他感受到地火越来越强的热力，这热力从他的脚踝沿身体升腾上来。空气更加闷热污浊，即使戴上面罩也难以呼吸。地火的热量在地面上并不均匀，刘欣本能地避开灼热的地面，能走的路越来越少了。地火热力突出的区域，建筑燃起了大火，一片火海中不时响起建筑物倒塌的巨响……刘欣已走到了井区，他走过一个竖井，那竖井已变成了地火的烟道，高大的井架被烧得通红，热流冲击井架发出让人头皮发炸的尖啸声，滚滚热浪让他不得不远远绕行。选煤楼被浓烟吞没了，后面的煤山已燃烧了多日，成了发出红光和火苗的一块巨大的火炭……

这里已看不到一个人了，刘欣的脚上烫起了泡，身上的汗已几乎流干，艰难的呼吸使他到了休克的边缘，但他的意识是清醒的，他用生命最后的能量向最后的目标走去。那个井口喷出的地火的红色光芒在召唤着他，他到了，他笑了。

刘欣转身朝井口对面的生产楼走去，还好，虽然从顶层的窗中冒出浓烟，但楼还没有着火。他走进开着的楼门，向旁边拐入一间宽大的班前更衣室。井口喷出的地火从窗外照进来，使这里充满了朦胧的红光，一切都在地火的红光中跃动，包括那一排衣箱。刘欣沿着这排衣箱走去，仔细地辨认着上面的号码，很快他找到了要找的那个。关于这衣箱他想起了儿时的一件事：那时父亲刚调到这个采煤队当队长，这是最野的一个队，出名的难带。那些野小子根本没把父亲放在眼里，本来嘛，看他在班前会上那可怜样儿。父亲怯生生地让把一个掉了的衣箱门钉上去，当然没人理他，小伙子们只顾在边上甩扑克说脏话，父亲只好说"那你们给我找几个钉子我自己钉吧"，有人扔给他几个钉子，父亲说"再找个锤吧"，这次真没人理他了。但接着，小伙子们突然鸦雀无声，他们目瞪口呆地看着父亲用大拇指把那些钉子一个个轻松地按进了木头中！事情有了改变，小伙子们很快站成一排，敬畏地听着父亲的班前讲话……现在这箱子没锁，刘欣拉开后发现里面的衣物居然还在！他又笑了，心里想象着这20多年用过父亲衣箱的那些矿工的模样。他把里面的衣服取出来，首先穿上厚厚的工作裤，再穿上同样厚的工作衣，这套衣服上涂满了厚厚的油腻的煤灰，发出一股浓烈的、刘欣熟悉的汗味和油味，这味道使他真正镇静下来，并处于一种类似幸福的状态中。他接着穿上胶靴，然后拿起安全帽，把放在衣箱最里面的矿灯拿出来，用袖子擦去灯上的灰，把它卡到帽檐上。他又找电池，但没有，只好另开了一个衣箱，有。他把那块笨重的矿灯电池用皮带系到腰间，突然想到电池还没充电，毕竟矿上完全停产一年了。但他记得灯房的位置，就在更衣室对面，他小时候不止一次在那儿看到灯房的女工们把冒着白烟的硫酸喷到电池上充电。但现在不行了，灯房笼罩在硫酸的黄烟之中。他庄重地戴上有矿灯的安全帽，走到一面布满灰尘的镜子面前，在那红光闪动的镜子中，他看到了父亲。

"爸爸，我替您下井了。"刘欣笑着说，转身走出楼，向喷着地火的井口大步走去。

后来有一名直升机驾驶员回忆说，他当时低空飞过二号井，在那一带做最后的巡视，好像看到井口有一个人影，那人影在井内地火的红光中呈一个黑色的剪影，他好像在向井下走去，一转眼，那井口又只有火光，别的什么都看不见了。

120年后

（一个初中生的日记）

过去的人真笨，过去的人真难。

知道我上面的印象是怎么来的吗？今天我参观了煤炭博物馆。给我印象最深的一件事是：

居然有固体的煤炭！

我们首先穿上了一身奇怪的衣服，那衣服有一个头盔，头盔上有一盏灯，那灯通过一根导线同挂在我们腰间的一个很重的长方形物体连着，我原以为那是一台电脑（也太大了些），谁想到那竟是这盏灯的电池！这么大的电池，能驱动一辆高速赛车了，却只用来点亮这盏小小的灯。我们还穿上了高高的雨靴。老师告诉我们，这是早期矿工的井下服装。有人问井下是什么意思，老师说你们很快就会知道了。

我们上了一列行走在小铁轨上的铁车，有点儿像早期的火车，但小得多，上方有一根电线为车供电。车开动起来，很快钻进一个黑黑的洞口中。里面真黑，只有上方不时掠过一盏暗暗的小灯，我们头上的灯发出的光很弱，只能看清周围人的脸。风很大，在我们耳边呼啸，我们好像在向一个深渊坠下去。艾娜尖叫起来，讨厌，她就会这样叫。

"同学们，我们下井了！"老师说。

不知过了多长时间，车停了，我们由这条较为宽大的隧洞进入它的一个分支，这条洞又窄又小，要不是戴着头盔，我的脑袋早就碰起好几个包了。我们头灯的光圈来回晃着，但什么都看不清楚，艾娜和几个女孩子又叫着说害怕。

过了一会儿，我们眼前的空间开阔了一些，这个空间有许多根柱子支撑着顶部。在对面，我又看到许多光点，也是我们头盔上的这种灯发出的，走近一看，发现那里有许多人在工作，他们有的人在用一种钻杆很长的钻机在洞壁上打孔，那钻机不知是用什么驱动的，声音让人头皮发炸。有的人在用铁锹把一些看不清楚的黑色东西铲到轨道车和传送皮带上，不时有一阵尘埃扬起，把他们隐没于其中，许多头灯在尘埃中划出一道道光柱……

"同学们，我们现在所在的地方叫采煤工作面，你们看到的是早期矿工工作的景象。"

有几个矿工向我们这个方向走来，我知道他们都是全息图像，就没有让路，几个矿工的身体和我互相穿过，我把他们看得很清楚，吃了一惊。

"老师，那时的中国煤矿全部雇用的黑人吗？"

"为了回答这个问题，我们将真实地体验一下当时采煤工作面的空气，注意，只是体验，所以请大家从右衣袋中拿出呼吸面罩戴上。"

我们戴好面罩后，又听到老师的声音："孩子们注意，这是真实的，不是全息影像！"

一片黑尘飘过来，我们的头灯也散射出了道道光柱，我惊奇地看着光柱中密密的尘粒在纷飞闪亮。这时艾娜又惊叫起来，像合唱的领唱，好几个女孩子也跟着她大叫起来，再后来，竟有男孩的声音加入进来！我扭头想笑他们，但看到他们的脸时自己也叫出声来，所有人也都成了黑人，只有呼吸面罩盖住的一小部分是白的。这时我又听到一声尖叫，立刻汗毛直立：这是老师在叫！

"天啊，斯亚！你没戴面罩！！"

斯亚真的没戴面罩，他同那些全息矿工一样，成了最地道的黑人。

"您在历史课上反复强调，学这门课的关键在于对过去时代的感觉，我想真正感觉一下。"他说着，黑脸上的白牙一闪一闪的。

警报声不知从什么地方响起，不到一分钟，一辆水滴状微型悬浮车无声地停到我们中间，这种现代东西出现在这里真是煞风景。从车上下来两个医护人员，现在真正的煤尘已被完全吸收，只剩下全息的还飘浮在周围，所以医生在穿过"煤尘"时雪白的服装仍一尘不染。他们拉住斯亚往车上走。

"孩子，"一个医生盯着他说，"你的肺已受到很严重的损伤，至少要住院一个星期，我们会通知你家长的。"

"等等！"斯亚叫道，手里抖动着那个精致的全隔绝内循环面罩，"100多年前的矿工也戴这东西吗？"

"不要废话，快去医院！你这孩子也太不像话了！"老师生气地说。

"我和先辈是同样的人，为什么……"

斯亚没说完就被硬塞进车里："这是博物馆第一次出这样的事故，您要对此事负责！"一个医生上车前指着老师严肃地说，悬浮车同来时一样无声地开走了。

我们继续参观，沮丧的老师说："井下的每一项工作都充满危险，且需消耗巨大的体力。随便举个例子。这些铁支柱，在这个工作面的开采工作完成后，都要回收，这项工作叫放顶。"

我们看到一个矿工用铁锤击打支架中部的一个铁销，使支架折为两段取下，然后把它扛走了。我和一个男孩试着搬已躺在地上的一个支架，才知道它重得要命。"放顶是一项很危险的工作，因为在撤走支架的过程中，工作面

顶板随时都会塌落……"老师说。

这时我们头顶上发出不祥的摩擦声，我抬起头来，在矿灯的光圈中看到头顶刚撤走支架的那部分岩石正在张开一个口子，我没来得及反应，它们就塌了下来，大块岩石的全息影像穿透了我的身体落到地上，发出一声巨响，尘埃腾起遮住了一切。

"这个井下事故叫作冒顶。"老师的声音在旁边响起，"大家注意，伤人的岩石不只是来自上部……"

话音未落，我们旁边的一面岩壁竟垂直着向我们扑来，这一大面岩壁冲出相当的距离才化为一堆岩石砸下来，好像有一个巨大的手掌从地层中把它推出来一样。岩石的全息影像把我们埋没了，一声巨响后我们的头灯全灭了，在一片黑暗和女孩儿们的尖叫声中，我又听到老师的声音：

"这个井下事故叫瓦斯突出。瓦斯是一种气体，它被封闭在岩层中，有巨大的气压。刚才我们看到的景象，就是工作面的岩壁抵挡不住这种压力，被它推出的情景。"

所有人的头灯又亮了，大家长出一口气。这时我听到了一个奇怪的声音，有时高亢，如万马奔腾；有时低沉，好像几个巨人在耳语。

"孩子们注意，洪水来了！"

正当我们迷惑之际，不远处的一个巷道口喷出了一道粗大汹涌的洪流，整个工作面很快淹没在水中。我们看着浑浊的水升到膝盖上，然后又没过了腰部，水面反射着头灯的光芒，在顶上的岩石上映出一片模糊的亮纹。水面上漂浮着被煤粉染黑的枕木，还有矿工的安全帽和饭盒……当水到达我的下巴时，我本能地长吸一口气，然后我全部没在水中了，只能看到自己头灯的光柱照出的一片混沌的昏黄和下方不时升上来的一串水泡。

"井下的洪水有多种来源，可能是地下水，也可能是矿井打通了地面的水源，但它比地面洪水对人生命的威胁大得多。"老师的声音在水下响着。

水的全息影像在瞬间消失了，周围的一切又恢复了原样。这时我看到了一个奇怪的东西，像一个肚子鼓鼓的大铁蛤蟆，很大很重，我指给老师看。

"那是防爆开关，因为井下的瓦斯是可燃气体，防爆开关可避免一般开关产生的电火花。这关系到我们接下来要看到的最可怕的井下危险……"

又一声巨响，但同前两次不一样，似乎是从我们体内发出的，它冲破我们的耳膜来到外面，来自四面八方的强大的冲击压缩着我的每一个细胞，在一股灼人的热浪中，我们都被淹没于一片红色的光晕里，这光晕是周围的空气发出的，充满了井下的每一寸空间。红光迅速消失，一切都陷入无边的黑暗中……

"很少有人真正看到瓦斯爆炸，因为这时井下的人很难生还。"老师的声音像幽灵般在黑暗中回荡。

"过去的人来这样可怕的地方，到底为了什么？"艾娜问。

"为了它。"老师举起一块黑石头，在我们头灯的光柱中，它的无数小平面闪闪发光。就这样，我第一次看到了固体的煤炭。

"孩子们，我们刚才看到的是20世纪中叶的煤矿，后来，出现了一些新的机械和技术，比如液压支架和切割煤层的大型机器等，这些设备在那个世纪的后20年进入矿井，使井下的工作条件有了一些改善，但煤矿仍是一个工作环境恶劣、充满危险的地方，直到……"

以后的事情就索然无味了，老师给我们讲气化煤的历史，说这项技术是在8年前全面投入应用的，那时，世界石油即将告罄，各大国为争夺仅有的油田陈兵中东，世界大战一触即发，是气化煤技术拯救了世界……这我们都知道，没意思。

我们接着参观现代煤矿，有什么稀奇的，不就是我们每天看到的从地下接出并通向远方的许多大管子，不过这次我倒是第一次进入那座中控大楼，看到了燃烧场的全息图，真大，还看了看监测地下燃烧场的中微子传感器和引力波雷达，还有激光钻机……也没意思。

老师在回顾这座煤矿的历史时说，100多年前这里被失控的地火烧毁过，那火烧了18年才扑灭。那段时期，我们这座美丽的城市草木生烟，日月无光，人民流离失所。失火的原因有多种说法，有人说是一次地下武器试验造成的，也有人说与当时的一些组织有关。

我们不必留恋所谓过去的好时光，那个时候生活充满艰难、危险和迷惘；我们也不必为今天的时代过分沮丧，因为今天，也总有一天会被人们称作——过去的好时光。

过去的人真笨，过去的人真难。

气化的石头

刘虎

如果你生活在3000年前，有人拿着一块黑色的石头告诉你，它可以燃烧，你一定认为他是个疯子。

中国是世界上最早利用煤的国家之一，河南巩义就发现了西汉时期用煤炼铁的遗址。古希腊和古罗马也是用煤较早的国家，据古希腊学者狄奥弗拉斯图公元前约300年所写的《论石》记载，古罗马大约在2000年前已开始用煤加热物体。后来，煤炭的广泛使用促成了蒸汽机的发明，引发了第一次工业革命。时至今日，虽然煤炭的利用早已超出了燃烧的范畴，人们对煤炭的依赖也越来越强，但煤炭开采技术依然没有发生革命性改变，由此也造成矿工的工作环境难以得到显著提升，很多安全和环境问题依然困扰着我们。

作为一名地质工程师，我通常的科研和生产工作一般在有色金属和贵金属方面，但在找矿上我最自豪的却是煤。我在北部祁连山工作了很多年，熟悉那里的每一套地层，区域大型地质构造也稔熟于心。

对煤矿的这种熟悉，也让我对煤矿生产中发生的一些悲剧有着很深的了解：硅肺病、瓦斯爆炸、冒顶、塌方、涌水等几乎总是伴随在矿工左右。再严格的防范措施，总难免出现意外。

除了安全事故给矿工带来的伤害，传统的煤矿开采技术给环境造成的种种破坏也不容低估。中国工业生产排放的固体废物中，最大的一部分就来源于煤矿生产，年排放量大约接近2亿吨。这些废物长期占用大量土地，给生态环境造成很多隐性危机。此外，煤矿建设和生产过程中，各种类型的水源会通过不同途径进入巷道和工作面，为了防止水害发生，需将矿井涌水排出。这些水一般经过煤炭本身及生产过程的污染，难以直接利用。这对一个严重缺水的国家来说是巨大的浪费。

煤炭开采前和开采中为了保障人员安全，还会抽放瓦斯。这些瓦斯目前只能排入大气，引发的温室效应是常规二氧化碳排放的20倍左右。煤矿在生产过程中需要不断通风，每分每秒都有数十万乃至数百万立方米的空气灌入和排出，所排出的空气中同样含有瓦斯，还有大量有害粉尘。煤灰开采还势必会破坏岩层内部原有的力学平衡，引起地表塌陷。

煤矿生产之外的煤矿利用所引发的各种问题也令人头疼。比如，煤炭炼焦和普通燃烧过程中都会排放二氧化硫等多种有害物质和粉尘，近些年来频繁发生的雾霾现象也部分与此有关。

煤矿开采和应用中既然有着如此严重的安全威胁和环

境威胁，我们就不能不利用煤炭吗？

当然不行。

自进入工业革命以来，煤炭在人类社会生活中的地位始终稳如磐石。

煤炭除了用于燃烧，还是一种非常重要的化工原料，我国相当多的中小氮肥厂都以煤炭为原料。煤炭中还往往含有许多放射性和稀有元素如铀、锗、镓等，这些放射性和稀有元素是半导体和原子能工业的重要原料。无论是现代化工业、重工业、轻工业、能源、冶金、机械，还是轻纺、食品、交通运输等，煤炭都发挥着重要的作用，因此被称为"工业粮食"。现在世界上最大的国际性联合体之一欧盟，就是在曾经的"欧洲煤钢共同体"上发展而来的。

今天的中国，煤炭依然是能源消费中的主角，长期占比70%左右，其次才是石油、天然气等。

再说，煤炭如果不被开采利用，到了一定的时候也会发生自燃。那样不仅造成严重的浪费，而且同样会威胁到人类的安全。

既然离不开，也没有更好的处理办法，就需要寻求新的开发利用方法，煤制气就是重要的一种技术。

所谓煤制气，就是将固体煤炭转换成可供燃烧的气体。国家《天然气发展"十二五"规划》中就明确指出，继续推进"十一五"期间国家已核准煤制气项目建设，尽快达产达标。"十二五"期间，开展煤制气项目升级示范，进一步提高技术水平和示范规模。

这种技术目前在室内已经得到广泛应用，但有没有一种方法，直接将煤炭在埋藏地下的时候就加以气化呢？这样做，不仅避免了种种安全事故，也大大降低了环境污染。

"地下煤层被点燃并同水蒸气接触后，将发生以下反应：碳与水生成一氧化碳和氢气，碳与水生成二氧化碳和氢气，然后碳与二氧化碳生成一氧化碳，一氧化碳与水又生成二氧化碳和氢气。最后的结果将产生一种类似于水煤气的可燃气体，其中的可燃成分是50％的氢气和30％的一氧化碳，这就是我们得到的气化煤。"

《地火》一文中的这段描述有着扎实的科学技术，早就通过实验得到了证实。但问题是，埋藏在地下的煤层表面上看是一个封闭环境，实际上岩层和煤层自身又处在一个开放系统中，岩层间的断裂和各种裂隙，使它与周边的岩石地层及地下水等有着难以隔断的联系（煤系地层中的含水量也超过很多普通岩层）。如何有效控制其燃烧，还不干扰到周边尚未开发或者是不能开发的岩层和地下水，绝非小说里所写的通过混凝土灌浆或者高压水幕就能完成的。

煤制气过程中，水本身就参与制气，甚至其本身就是燃烧物（水是由氢和氧化合而成。氢是世界上燃烧值最高的元素，航天燃料就是液态氢。氧是燃烧必不可少的助燃剂。水在煤制气的过程中很容易被电离成氢气和氧气），高压水幕的隔断作用还需要更多新技术的支撑；固体状态下的岩层里，又该如何灌注混凝土，构建屏障，也还需要探讨。此外，在地下直接将煤炭气化后，煤炭中的主要组分已经被气化开采，依然存在采空区的治理问题。而且这是一种新型的采空区，没有或者缺少人工灌注通道。

或许正是这样那样的技术难题，制约着目前煤层气化开采的脚步，让作家心中的"地火"暂时难以照亮我们的现实。然而，想象力不仅是一个作家必备的素养，科学家同样需要丰富的想象力。100多年前，瓦特和他的伙伴首次进行蒸汽机实验时，引来了多少人的嘲笑。如今社会公众的知识结构、认知水平和瓦特时代相比已经有了空前的发展，我相信，多数人对目前还处于实验阶段，且遭到很多技术瓶颈掣肘的煤的气化开采是充满信心的。

当然，煤制气只是利用了煤炭的可供燃烧的属性，煤矿中所包含的应用更为广泛的各种元素，目前仍需要先将煤炭开采出来后才能加以提炼利用。

多远的距离都是从第一步开始的。可以预见的是，如果你生活在百八十年之后，固体的煤可以直接在地底深处被转换成天然气一样的气体的年代，当有人告诉你，曾经的煤都是靠人力运输到地面上，你说不定会认为他在开玩笑。不过，我希望在那个时候，你依然记得，煤虽然仅仅是一种石头，但关于它，在任何时代，都有着新的谜团需要我们去解开。

图书在版编目（ＣＩＰ）数据

星球收割者 / 刘慈欣等著 . —上海: 少年儿童出版社，
2020
（科学家带你读科幻 / 吴岩，尹传红，顾备主编）
ISBN 978-7-5589-0955-9

Ⅰ.①星… Ⅱ.①刘… Ⅲ. ①幻想小说—小说集—
中国—当代 Ⅳ.① I247.7

中国版本图书馆 CIP 数据核字（2020）第 125669 号

科学家带你读科幻

星球收割者

刘慈欣 顾问

吴　岩　尹传红　顾　备 主编
刘慈欣 等著

布克舒先生 绘图
陆　及 装帧

责任编辑 刘　婧　美术编辑 陆　及
责任校对 沈丽蓉　技术编辑 许　辉

出版发行 少年儿童出版社
地址 200052 上海延安西路 1538 号
易文网 www.ewen.co　少儿网 www.jcph.com
电子邮件 postmaster@jcph.com

印刷 天津旭丰源印刷有限公司
开本 890×1280　1 / 32　印张 6　字数 120 千字
2022 年 3 月第 1 版第 2 次印刷
ISBN 978-7-5589-0955-9 / I · 4628
定价 36.00 元